ख़ुशक़िस्मत

ममता कालिया

जन्म : 2 नवम्बर, 1940 को वृन्दावन में हुआ।

शिक्षा : नागपुर, मुम्बई, पुणे, इन्दौर और दिल्ली के विद्यालयों व विश्वविद्यालयों में हुई। आपने अंग्रेज़ी साहित्य से एम.ए. किया।

गतिविधियाँ : ममता कालिया सन् 1960 से निरन्तर लिख रही हैं। कविता, कहानी, उपन्यास और नाटक के अलावा इन्होंने समकालीन समाज में महिलाओं की स्थिति पर लेख, स्तम्भ आदि भी विपुल मात्रा में लिखे हैं। ममता कालिया की कहानियाँ व उपन्यास देश और विदेशों के कई विश्वविद्यालयों के पाठ्यक्रम में सम्मिलित हैं। वे अंग्रेज़ी में भी कविता लिखती हैं। नारी मनोविज्ञान, सामाजिक विसंगतियों का बोध और उनसे उबरने की बेचैनी इनके लेखन की पहचान है।

प्रकाशित कृतियाँ : छुटकारा, सीट नम्बर छह, उसका यौवन, जाँच अभी जारी है, मुखौटा, ख़ुशकिस्मत, प्रतिदिन, बोलनेवाली औरत, चर्चित कहानियाँ, निर्मोही, काके दी हट्टी।

उपन्यास : बेघर, नरक दर नरक, एक पत्नी के नोट्स, प्रेमकहानी, अँधेरे का ताला, दुक्खम सुक्खम, दौड़।

पुरस्कार : साहित्य भूषण; सावित्री बाई फूले सम्मान; कमलेश्वर स्मृति सम्मान, लमही सम्मान।

आवरण चित्र : पूनम किशोर

जन्म : 4 नवम्बर, 1980

शिक्षा : एम.एफ.ए. क्रिएटिव पेण्टिग कॉलेज ऑफ आर्ट्स लखनऊ, 2007

पुरस्कार : भारत सरकार सूचना प्रसारण मन्त्रालय 1998, अग्निपथ अखिल भारतीय कला प्रदर्शनी 2005, नेशनल स्कॉलरशिप 2006, 27वीं वार्षिक कला प्रदर्शनी 2007 स्टेट अवॉर्ड, त्रिवेणी महोत्सव, इलाहाबाद।

आवरण : पूनम किशोर

ममता कालिया

ख़ुशक़िस्मत

लोकभारती पेपरबैक्स

लोकभारती पेपरबैक्स में
पहला संस्करण : 2010
दूसरा संस्करण : 2013

लोकभारती पेपरबैक : उत्कृष्ट साहित्य के लोकप्रिय संस्करण

लोकभारती प्रकाशन
पहली मंजिल, दरबारी बिल्डिंग, महात्मा गाँधी मार्ग,
इलाहाबाद-211 001

वेबसाइट : www.lokbhartiprakashan.com
ईमेल : info@lokbhartiprakashan.com

शाखाएँ : 1-बी, नेताजी सुभाष मार्ग, दरियागंज, नई दिल्ली-110 002
अशोक राजपथ, साइंस कॉलेज के सामने, पटना-800 006 (बिहार)

इण्डियन प्रेस प्रा.लिमिटेड
इलाहाबाद-211002
द्वारा मुद्रित

मूल्य : ₹ 120

KHUSHKISMAT
by Mamta Kalia

ISBN : 978-81-8031-538-1

कहाँ मैं, कहाँ मेरी कहानियाँ

रचना हमारी प्रतिनिधि होती है अथवा हम रचना के प्रतिनिधि होते हैं, यह मैं आज तक तय नहीं कर पायी। कहानी लिखते समय कभी एहसास नहीं होता कि यह हमारी या हमारे समय की पहचान बनेगी। रचना-प्रक्रिया के अपने आन्तरिक दबाव होते हैं, जैसे भूख, प्यास और नींद के। लड़कपन से अब तक मेरे साथ एक बात है—मुझे जो कुछ भी होता है, बड़ी ज़ोर से होता है। भूख लगेगी तो बड़ी ज़ोर से, प्यास लगेगी तो गला चटक जायेगा, नींद आयेगी तो बैठे-बैठे सो जाऊँगी। यही हाल कहानी लिखने का है। दिमाग़ में अनार की तरह छूटती है कहानी। उसके लाल, हरे, पीले, नीले रंग उड़ रहे हैं ऐसे, कि गिनने में नहीं आ रहे। एक कहानी के चार-चार शीर्षक सूझ रहे हैं—कहानी रसोई में सब्ज़ी जला रही है, संवाद में श्रवणशक्ति चुका रही है, बिस्तर पर नींद उड़ा रही है। एकदम सुनामी लहरों की तरह प्रलयंकारी वेग से आती है कहानी और फिर उतनी ही तीव्रता से वापस हो जाती है। सुबह मस्तिष्क का तट ऐसा वीरान पड़ा होता है कि वहाँ घोंघे और सीपियों के सिवा कुछ नहीं होता। जब मैंने लिखना शुरू किया था तब इस किस्म के फ्लैशेज़ बहुत अधिक आते थे और मैं सोचती थी, एक दिन मैं अख़बार निकालूँगी—'ममता टाइम्स'। हमने प्रेस भी लगाया, अख़बार भी छापे, लेकिन वहाँ से 'ममता टाइम्स' नहीं निकला। मैंने भी अपना इरादा ताक पर रखकर अपनी आधी ऊर्जा नौकरी में लगा दी। मेरे दिल-दिमाग़ का बावलापन ही मेरी रचनाओं का सबसे बड़ा कारण और कारक रहा है। जब मैं अन्य

रचनाकारों का स्टडीरूम देखती हूँ तो दंग रह जाती हूँ—दुर्लभ एकान्त, करीने से लगी पुस्तकें सलीके से बिछा बिस्तर, कम्प्यूटर और इण्टरनेट सुविधा, कॉफी का इन्तज़ाम।

मैंने अपनी कहानियों को ऐसी पृष्ठभूमि का ठाठ-बाट नहीं दिया, लेकिन हर हाल में लिखा—घर में, कॉलेज में, रेल में, रिक्शे पर; हर उस जगह, जहाँ आस-पास जीवन था। बहुत अधिक साफ-सुथरे, सलीकापसन्द माहौल में मेरी रचना-प्रक्रिया ठिठुर जाती है।

मेरे विचार से एक लेखक अपनी सृजनात्मक प्रक्रिया को जितना समझता है, उससे कहीं ज़्यादा उसे उसके अग्रज रचनाकार समझते हैं। समय-समय पर कई वरिष्ठ और साथी लेखकों ने मेरी रचना-प्रक्रिया पर आश्चर्य और आक्रोश दोनों प्रकट किये हैं। श्री उपेन्द्रनाथ 'अश्क' में यह विशेषता थी कि वे नये-से-नये लेखक को पढ़ते थे और अपनी राय देते थे। उनके शब्दों में—"मैं यही कह सकता हूँ कि ममता की रचनाओं में अपूर्व पठनीयता रही है। पहले वाक्य से उसकी रचना मन को बाँध लेती है और अपने साथ बहाये लिये चलती है, कुछ उसी तरह जैसे उर्दू में कृश्न चन्दर और हिन्दी में जैनेन्द्र की रचनाएँ। यथार्थ का आग्रह न कृश्न चन्दर में था, न जैनेन्द्र कुमार में, लेकिन ममता रूमानी या काल्पनिक कहानियाँ नहीं लिखतीं, उसकी कहानियाँ ठोस जीवन के धरातल पर टिकी हैं। निम्न-मध्यवर्गीय जीवन के छोटे-छोटे ब्यौरों का गुम्फन, नश्तर का-सा काटता तीख व्यंग्य और चुस्त-चुटीले जुमले उसकी कहानियों के प्रमुख गुण हैं। ममता की बहुत अच्छी कहानियों में तीन-चार कहानियों का मैं विशेष रूप से उल्लेख करना चाहूँगा—'वसन्त-सिर्फ एक तारीख़', 'लड़के', 'माँ' और 'आपकी छोटी लड़की'।"

अगर सूचना विज्ञान में ऐसा कम्प्यूटर निकल आये जो हमारी दिमाग़ी प्रक्रिया को ज्यों-का-त्यों मॉनिटर पर उतार दे, तो यकीन मानिये, मेरी रचना-प्रक्रिया का ऐसा पेचीदा संजाल सामने आये कि मैं ख़ुद उसका विश्लेषण न कर पाऊँ। कोई ऊर्जा-तरंग है, जो चलती चली जाती है। दिमाग़ में एक बार में पाँच-पाँच कहानियाँ लिखी जा रही हैं, तीन

उपन्यास साथ-साथ चल रहे हैं, दो नाटक मंच पर अभिनीत किये जा रहे हैं।

प्रस्तुत कहानियों में कुछ ऐसी हैं, जो अपने-आप मुझ तक चली आयी हैं। इलाहाबाद में रसूलाबाद घाट पर कतार से खड़ी सरकारी जीपों को देखकर रवीन्द्र और मेरे मुँह से एक साथ यही बात निकली, "भारत सरकार नहाने आयी है।" घर लौटकर रवि तो चैन की नींद सो गये, पर मेरे मन में वह दृश्य चक्कर लगाता रहा। यूनिवर्सिटी में छात्रों ने हड़ताल कर रखी थी। दोनों अनुभव 'लड़के' कहानी में काम आ गये। इस कहानी पर बासु चटर्जी ने 'रजनी' सीरियल का अन्तिम एपिसोड बनाया था, जो सरकार को इतना नागवार गुज़रा कि उन्हें यह धारावाहिक ही बन्द कर देना पड़ा। 'आपकी छोटी लड़की' मेरे अपने लड़कपन की कहानी है। इस लम्बी कहानी को लिखने में ज़रा भी श्रम नहीं पड़ा। एक बार यादों की डिबिया खोली तो सारे पात्र बाहर निकल पड़े। जब यह कहानी पहली बार 'साप्ताहिक हिन्दुस्तान' में छपी तो पाठकों के इतने पत्र आये कि तत्कालीन सम्पादक मनोहर श्याम जोशी को इस कहानी पर सम्पादकीय लिखना पड़ा। उन्होंने कहा कि ममता कालिया की कहानी 'आपकी छोटी लड़की' में संकेत हैं कि साहित्यिक रचना भी लोकप्रिय हो सकती है। हिमांशु जोशी ने मुझसे कहा, "आपकी कहानी छापकर हमारा काम बहुत बढ़ जाता है। हर डाक में डाकिया सिर्फ आपकी कहानी पर चिट्ठियों के बण्डल डाल जाता है।" इन सब बातों से बड़ी हौसला आफज़ाई हुई, वरना लिखना तो सागर में सुराही उँड़ेलने के समाना होता है। इतना विशाल हिन्दी साहित्य का कोश—इसमें कहाँ मैं, कहाँ मेरी कहानियाँ।

अपनी प्रारम्भिक कहानी 'एक अकेली तस्वीर' मैं इसलिए दे रही हूँ कि उसमें कच्ची धान की बाली की गन्ध है, मैंने जब लिखना शुरू किया था, प्रायः उस उम्र में आजकल लेखिकाएँ नहीं लिखतीं। आजकल प्रौढ़ अवस्था में वे लिखना शुरू करती हैं, जब कलम-कलाई में चौकन्नापन आ जाता है। मेरे लिये लेखन साइकिल चलाने-जैसा एडवेंचर रहा है, डगमग-डगमग चली और कई बार घुटने, हथेलियाँ छिलाकर सीधा बढ़ना

सीखा। समस्त ग़लतियाँ अपने-आप कीं, कोई गॉडफ़ादर नहीं बनाया। बिल्ली की तरह किसी का रास्ता नहीं काटा और किसी को गिराकर अपने को नहीं उठाया। हमारे समय में लिखना, मात्र जीवन में रस का अनुसन्धान था; न उसमें प्रपंच था न रणनीति। निज के और समय के सवालों से जूझने की तीव्र उत्कण्ठा और जीवन के प्रति नित-नूतन विस्मय ही मेरी कहानियों का स्रोत रहा है।

प्रायः विवाह के बाद लड़कियों का परिवेश बदलता है। मेरे साथ ऐसा हुआ होता तो मैं कहीं की न रहती। रवि के और मेरे जीवन में लिखना और पढ़ना, प्रेम करने और लड़ने जितना ज़रूरी है। इस घर में भी पापा-घर की तरह किताबें ज़्यादा हैं, अन्य साज़-सामान कम। वैसे घर में किताबें गुम होने की रफ़्तार भी मज़े की है। खुद अपनी लिखी किताबें नहीं मिलतीं। मेरे प्रकाशक पहले की छपी मेरी अप्राप्य पुस्तकों के नये संस्करण छापना चाहते हैं, पर किताबें हैं कि मिल नहीं रही। कई बार घर की अलमारियों में दफन हो जाती हैं, कभी किसी साहित्य-प्रेमी को अन्तिम प्रति भी भेंट चढ़ जाती है।

मेरा लिखने का कोई निश्चित समय नहीं है। बिना सोचे-समझे कहानी शुरू कर देती हूँ, मानो शून्य आसमान में सितारा चिपका रही हूँ। पहले तो एकान्त ही नहीं मिलता। अगर मिल भी गया तो बजाय लिखने के टी.वी. चैनलों के ऊटपटाँग उत्पात में समय नष्ट करती हूँ। न लिखा जाये तो रसोई की ओर कूच कर जाती हूँ और रसोई में कोई काम बिगड़ जाये तो पाँव पटकती कमरे में आ जाती हूँ, जहाँ हरदम मेरे काग़ज़ फैले रहते हैं। कई बार दो-चार काग़ज़ उड़कर ग़ायब भी हो जाते हैं। लोग जीवन में अराजक होते हैं, मैं लेखन में अराजक हूँ। इस सबके बावजूद, जब भी, जो भी मैंने अब तक लिखा, उसे मैं स्वीकार करती हूँ। मैं अपनी हर कहानी पर यह शपथ-पत्र लगा सकती हूँ कि यह मैंने बड़ी शिद्‌दत से महसूस करते हुए लिखी। हर कहानी को अपने कलेजे की गर्मी से सेंका और पकाया। कितना ही यथार्थ अपनी नसों पर झेला, कितना कुछ औरों को झेलते देखा। जिस वक़्त जो लिखा उसमें अपनी पूरी ऊर्जा लगा

दी। हर हाल में लिखा, हर मूड में लिखा। अपना गुस्सा, अपना प्यार, अपनी शिकायतें, अपनी परेशानियाँ, तिरोहित करने में लेखन को हरसू मददगार पाया। जो कुछ रू-ब-रू कहने में सात जनम लेने पड़ते, वह सब रचनाओं में किसी-न-किसी के मुँह में डाल दिया। मेरा यकीन है कि लेखन से अच्छा जीवनसाथी मुझे क्या, किसी को भी नहीं मिल सकता।

—ममता कालिया

अनुक्रम

एक अकेली तस्वीर

हुँम, बड़े होंगे तो हों! कोई इस तरह सबके सामने डाँटा जाता है। जगह, समय कुछ देखते नहीं, बस कह दिया जो मुँह में आया।

तनिया को बेहद गुस्सा आ रहा था। उसे पापा से हमेशा की तरह शिकायत थी। वे उसे अभी भी चार साल की बच्ची समझते हैं जो जब चाहा चाँटा मारा और जब चाहा पुचकार लिया। दुकान के सारे सेल्समैन कैसे देखने लगे थे उसे; और वे ग्राहक-दम्पती भी जो लट्ठा ख़रीद रहे थे।

वह साड़ी ले भी लेती, पर क्या मन से पहन पाती? माना, ग़लती उसकी भी है, पर यह ग़लती नहीं उसकी कमज़ोरी है, जिसे पापा अच्छी तरह जानते हैं। शो-केस में लटकी चारख़ाने की हैण्डलूम साड़ी देख वह ही मचली थी; "पापाऽऽ यह साड़ी...।" दुकान में उसका एक ही पीस था। पापा ने अपने सामने नपवायी, कीमत पूछी और आदत से विपरीत बिना एक भी पैसा कम किये दाम चुका दिये। सेल्समैन तह जमाकर लिफाफे में डालने लगा तो तनि पापा के कान में डरते-डरते फुसफुसायी, "पापा, यह हम पर खिल जायेगी?" पापा बोले, "तनु, बेकार की बात नहीं करते; पकड़ो पैकेट!" तनि बिखर गयी, "क्या करेंगे लेकर इसे! कलरस्कीम भी ख़ास नहीं है और 'चेक्स' का डिज़ाइन अब तो पुराना होने आया। रहने दो!" पापा ने डाँटा, "डोण्ट बी फुलिश, ले चुकी हो तुम इसे।" "पापा चाहे कुछ भी हो जाये, हम तो पहनेंगे नहीं इसे। ले लो तुम!" पापा बेहद चिढ़ गये "तनिया!' उत्तर में तनिया की आँखों में आँसू छलक आये, उन्हें न छुपाने का प्रयत्न किये, पोंछती हुई वह बाहर चल दी।

पापा दुकानदार से ख़ूब-ख़ूब माफी माँग तनिया पर झल्ला पड़े–"बेअक्ल लड़की है, ख़रीदने का शऊर नहीं तो घुसती क्यों है दुकान में? बेवकूफ, मेरी पोज़ीशन, कितनी गिराती है इस तरह! पैसे लौटवाने में भिखारी तो मैं बना। बाईस साल की है, कोई बच्चा तो नहीं!"

सारे रास्ते पापा इस बाईस साल की सुबकती लड़की पर झींकते-खीझते आये। और अब उनका क्या है, मूड ठीक करने क्लब चले गये हैं, रात-बिरात कभी भी लौटेंगे। पूरे लम्बे-चौड़े घर में तनिया अकेली है। नाम को आया छोड़ जाते हैं जो सात बजे से ख़र्राटे भर सोती है। एक, दो, तीन... पाँच, पाँचों कमरे बिलकुल सूने हैं, कहीं जीवन का कोई चिह्न है ही नहीं। सोफासेट, डाइनिंग टेबिल, पलँग, किताबों, इन सबसे कभी घर आबाद हुआ है!

अकेलापन व्यथा की कथा का एक नया परिच्छेद खोल देता है। तनिया कितनी ऊब गयी थी, अपने इस सूने-सूने घर से! हर कमरा जैसे काटने दौड़ता था। उसे याद आया–उन्हीं उदासी भरे दिनों में उसने नीचेवाले घर में जाना शुरू किया था। कितना मन लगता था कभी-कभी, स्नेह भाभी के बच्चों से भरे परिवार में! पापा के ऑफिस जाते ही वह पहुँचती–'भाभी।" भाभी रसोई से कहतीं–"बैठ तनि मैं अभी आयी।" बेसिर पैर की गप्पों में कैसे समय गुज़र जाता था। कभी भाभी काम में लगी रहतीं तब भी वह बैठी रहती। बच्चों का शोर-शराबा ही देखना भला-सा लगता। भाभी थाली में मटर भर, बच्चों के बीच रख जातीं; दस मिनट में सारी मटरें नुच जातीं। कभी दूध बिल्ली पी जाती, भाभी झट चुन्नू को तीन आने और गिलास देकर दौड़ा देतीं। उस घर में जैसे जीवन हमेशा उत्ताल तरंगें भरता रहता। मदन भाईसाहब जब लौटकर आते तब तो विद्युत् गति भर जाती सब में। कहीं भाभी कमीज़ पकड़ा रही हैं, कहीं हाथ धुला रही हैं, कहीं चाय थमा रही हैं। एक बच्चा जूते लाकर रखता, दूसरा मफलर ढूँढ़कर लाता। वह भाभी से कहती, "भाभी, तुम्हारे दिन और रात तो जैसे फिसलते हैं....।" और भाभी शरमा जातीं 'हाँ हाँ, तेरी हो जायेगी न जब, तब पूछूँगी....।"

वही समय तो था जब तनि ने हौले-हौले, किन्हीं झीने-झीने तारों से सपने बुनने शुरू किये थे। वह बार-बार एक ही कहानी को फिर-फिर

दुहराती, "उसका घर होगा, अपना घर। जहाँ वह होगी, वे होंगे।" जैसे सब-कुछ यों ही होना था, ऐसे ही घर में पापा ने अपना रिश्ता तय कर दिया।

तनि दिन-रात बस स्वप्निल-स्वप्निल घूमती : इंजीनियर की तो ड्यूटी भी ख़ास नहीं होती। दोपहर में वे आ जाया करेंगे, साथ लंच खायेंगे, शाम को घूमने जाया करेंगे। यों छोटी-छोटी जगहों में ट्रान्सफर बहुत होता है, पर अच्छा है...ज़्यादा एकान्त मिलेगा।

और तनिया ने दिन के हर पहर, रात की हर घड़ी जैसे यह सपना देख-देख अपनी इन्द्रियों को कण्ठस्थ करा दिया।... जनवरी में विवाह हो जाना था...।

फिर अचानक उसके स्वभावानुसार उसमें एकदम शैथिल्य भर गया। यही तो मुश्किल रही तनिया के साथ। जब उसे जो मिलना होता और जैसे ही उसे भान होता 'यह सुख मेरा है' उसके मन से उस सब का सारा महत्त्व जैसे समाप्त हो जाता। पा लेने की स्थिति ही उसे प्राप्ति से वितृष्णा दिला जाती। तनिया को लगा, "कौन-सा सूनापन भर लेगी वह यों! एक अजनबी कौन उसे इतना प्रभावित कर लेगा! उसके इस सारे विस्तृत व्यक्तित्व को अपनी बाँहों में कौन ऐसे बाँध लेगा कि फिर कभी उसे कोई प्यास न सताये! अगर उसके बाद भी असन्तोष ही उसकी पूँजी रही!" आस-पास के परिवारों पर दृष्टि डाली तो तनिया का संशय बोला, "तुम्हें क्या पता, इनकी खिलखिलाहटों के पीछे कितने सुबकते सपनें हैं! हृदय से कौन किसका कितना है!" परायी इच्छाओं के कटघरे में वह बन्द होना चाहेगी?

तनिया ने पापा से कहा, "पापा, हम सोचते हैं, शादी वगैरह हमें सूट नहीं करेगी।" पापा हँस दिये, "हाँ-हाँ ये शादी न हुई काले बुन्दे हो गये, तुम्हें सूट नहीं करेंगे।" तनिया गम्भीर हो गयी, "सच कह रहे हैं पापा, आप कलकत्ते मना लिख दीजिये।"

"लाड़ लड़वा रही है बिटिया! अरे वह ज़माने लद गये जब तुम्हें मनाते थे। पता है तनि, अब हमें चाय बनानी आ गयी है, टोस्ट भी बिना जलाये सेंक लेते हैं। फिर बताओ तुम्हें यहाँ क्यों बनाये रखें? अपने ठौर-ठिकाने बैठो, छुट्टी पाकर हम भी तीर्थ-वीर्थ करें।" पापा मज़ाक को

फैलाते रहे। तनिया भन्ना उठी, "मुझे पता है आपका तीर्थ! अब आधी रात तक क्लब से लौट भी आते हो, तब वह भी नहीं रहेगा। ऐसे आपको बिगड़ने नहीं दूँगी, क्या समझा है! बस मना लिख दो उन्हें। हमें नहीं जाना आपको छोड़कर।"

कलकत्तेवालों ने बेहद बुरा माना था। खुसफुस कहना भी शुरू कर दिया था अब, "अजी पढ़ी-लिखी लड़की है, पड़ गयी होगी किसी चक्कर में, मना कर दिया। बड़ी तेज़ होती हैं ये आजकल की लड़कियाँ!" पापा ने ज़्यादा दुःख नहीं मनाया, बेटी को हृदय से लगाये रखने का उन्हें कम मोह न था।

इस सब के बाद जैसे तनिया बहुत सहज हो गयी। जीवन जिस तरह अब तक था, वैसे ही चल पड़ा। वैसे ही पापा के देर से लौटने पर रूठना, स्नेह-भाभी के पास बैठना, साँझ को सितार का रियाज़ करना और रात दस बजे तक अपने कमरे में नीला बल्ब जलाकर सो जाना। जीने की इस व्यवस्था में कोई नूतन प्राप्ति नहीं थी, इसलिए इसमें वितृष्णा का भय नहीं था। यह तो जैसे उसकी चर्या थी। इसके प्रति कोई शैथिल्य नहीं था मन में, उत्साह भी नहीं। स्वयं पर बिताने को बहुत समय था, स्वयं के बारे में सोचने को ख़ूब-सा अवकाश था, स्वयं को महत्त्व देने की अनेकों सुविधाएँ थीं। तनिया अपने-आपमें बड़ी सन्तुष्ट थी।

मकर संक्रान्ति आनेवाली थी। तनिया स्नेह-भाभी से लड्डू बनाने का तरीका पूछने गयी तो देखा, भाभी जूते साफ कर रही थीं, "यह काम भी शुरू कर दिया भाभी।" हाथ पल्ले से पोंछकर भाभी उठीं, "अरे तनि, आज इतने नाराज़ होकर गये हैं। जूते साफ नहीं थे सो उन्हें चप्पल पहननी पड़ी। तू कैसे आयी इतनी जल्दी?"

तनि को लगा वह भाभी की अपेक्षा कितनी सुखी है! विवाह कर लेती तो उसे भी जीवन में यही मिलता, "कमीज़ के काज, मोज़ों की मरम्मत, झाड़ू बुहारी, जूतों की पॉलिश।" उससे निभता यह सब! भाभी की ज़िन्दगी में अब शेष भी क्या रहा है? उन्माद का आवेग तो कब का उतर चुका। चुन्नू, किकी और रूनु के आगमन के बाद तो अब आँ-आँ, ऊँ-ऊँ के सिवा और हो भी क्या सकता है। इस सबसे वह दूर रही, यह उसने

ठीक ही किया। उत्साह के नाद के बाद ऊब की मरघटी उदासी वह तो नहीं सह सकती थी।

विचारों को सँभालकर बोली–"कुछ नहीं, लड्डू बनाना पूछना था। तुम काम करो, मैं फिर आ जाऊँगी।"

"बैठ, बता दूँगी अभी, झाड़ू और लगा लूँ इस कमरे की।"

"भाभी", जैसे तनिया की उलझन उससे कहलवा रही थी, "सच बताना, ऐसे...इस तरह तुम ख़ुश हो अपने में?"

"स्नेह-भाभी ने आश्चर्य किया, "अपने में क्यों? ख़ुशी तो सबके साथ बाँटी जाती है। मैं तो इनमें, बच्चों में, घर में ख़ुश-ही-ख़ुश हूँ।"

"न भाभी, झूठ मैं सुनूँगी नहीं। अपने मन के अन्तर्तम कोने में तुम सन्तुष्ट हो जीवन के इस दौर से....जब...जब सब चुक गया है–पीनेवाले का उत्साह और पिलानेवाले का आग्रह? तुम्हें खीझ नहीं होती इस बोध से कि तुम्हारी कामनाएँ अब ऐसी हो गयी हैं जैसे ताक पर रखे धूल भरे ग्रन्थ; भूले-भटके जिनके अस्तित्व का आभास तो कभी रहा हो, पर अनुसरण का अभ्यास न हो।"

"तुम्हारा यह दर्शन तो मेरी समझ में आता नहीं। इतना जानती हूँ, यह जो तुम ख़ामख़्वाह आठों पहर सोचती रहती हो न, यह तुम्हें कोई सही राह नहीं ले जा रहा है तनि! हम कोई बवण्डर नहीं हैं जो चलें, थमें और चुक जायें। मेरे आस-पास जीवन की जो गति है, वह तो एक-सी चलती रहनेवाली हवा है, जिसका वेग-अवेग पता न चले, पर वह अनिवार्य है।"

तनिया ने सहानुभूति की हलकी-सी मुस्कराहट से पूछा, "तुम्हारे ब्याह को कितने साल हो गये भाभी?"

"यह तो मुझे याद नहीं। उन्हें भी शायद ही याद हो। अगर तारीख़ पूछो तब तो निश्चित ही मैं न बता सकूँ। हम तो पुराने चल्ला के हैं तनिया! ये ब्याह की वर्षगाँठें मनाना हमें आता नहीं। न मैं इसे ज़रूरी समझती हूँ। यह कोई सशरीर चीज़ नहीं है जिसका आज अब जन्म हुआ है और कल मरण होगा। तुम तो सम्बन्ध के प्रारम्भ की एक घड़ी मानती हो और अन्त की भी। सम्बन्धों ने कभी कोई कल, परसों नहीं

जाना, आज भी नहीं। वे तो बस हैं और उनका होना ही स्वयं में सत्य है।''

तनिया बैठी एकटक भाभी के इस नये रूप को तक रही थी, या शायद मन-ही-मन कुछ तौल रही थी। रोशनदान से छनकर आती धूप भाभी पर पड़ी तो सिर में कुछ चाँदी-सी चमक आयी। तनि ने ग़ौर से देखा, ''अरे भाभी सफेद बाल!''

भाभी उठती हुई बोलीं, ''एक नहीं, काफी हैं भई। किसी दिन अपने भैया के देखना, सिर में चाँदी बिछ गयी है, क्या है तनि, आधी से ज़्यादा तो गुज़र गयी, बाकी बची भी बस यों ही गुज़र जायेगी। हमारी तो तस्वीरें भी साथ-साथ धुँधली होंगी।''

आँखों तक आती सूर्य की किरण के साथ-साथ तनिया को जैसे कुछ बींध गया। आत्म-साक्षात्कार के दर्पण के आगे उस क्षण उसे लगा उसकी मणि झूठी है। प्राप्ति के बाद की वितृष्णा से पलायन करते-करते आज वह इतनी दूर आ गयी है कि अब उसके साथ-साथ धुँधली होकर मिट जाने के लिए कोई तस्वीर ही नहीं है।

●●●

ख़ुशकिस्मत

इन दिनों ख़ुदा अपने ख़िलाफ कुछ ज़्यादा ही चल रहा है। चाहे सीधी करवट सोओ, चाहे उलटी, दिन बुरा ही बीतता है। अपन भी ज़्यादा दुःखी नहीं होते। शुरू से लस्टम-पस्टम जीने के आदी जो हुए। देह, दर्द का दुतल्ला बनी हुई है। अब अगर घुटने नहीं चलते, पीठ में दर्द है, नींद नहीं आती, तो क्या हुआ। अपन अपने से कहते हैं, ज़रा याद करो चार साल पहले का वह दिन जब कॉलेज में अच्छी-भली बैठी फीस का हिसाब मिला रही थीं कि एक अभिभावक ने तुम्हारी ही मेज़ से उठाकर तुम्हारा पेपरवेट, तुम्हारे सिर पर मार दिया था। कैसे ख़ून फल्ला पड़ा था। एक हाथ से सिर से गिरती ख़ून की मोटी धार रोकते, दूसरे हाथ से घण्टी कसकर दबाते तुम कैसी तिलमिलायी थीं। चोट से कम, अपमान से ज़्यादा कि तुम्हारे ही दफ़्तर में, तुम्हारे ही सामने बैठा, तुम्हारी छात्रा का बड़ा भाई, तुम्हें तुम्हारे ही पेपरवेट से मार गया। उसने मैदान से उठाकर ईंट का अद्धा मारा होता तो तुम्हें इतना बुरा न लगता। तुम सोचतीं, गुण्डा था, जेब में अद्धा लेकर न चले तो क्या गुलाब का फूल लेकर चले। मियाँ की जूती मियाँ के सिरवाला मुहावरा क्या इसी तरह समझ में आना था। बुरा इस बात का भी लगा था कि उस लड़के की एक नहीं, तीन-तीन बहनें तुम्हारे कॉलेज में पढ़ती थीं। प्रथम, द्वितीय और तृतीय वर्षों में। तीनों की उम्र थी उन्नीस, बीस और इक्कीस। लड़के की उम्र थी सवा बाईस, लेकिन अभिभावक के ख़ाने में तीनों बहनों ने विवेक सिंह नाम लिख रखा था। लड़कियों के दाख़िले के वक़्त भी तुमने एतराज़ किया था कि उन्नीस, बीस और इक्कीस की देखभाल बाईस कैसे कर सकता है। इस पर लड़कियों ने मुँह बनाकर कहा था, "बिलकुल कर सकता है।"

तुम चुप हो गयी थीं, क्योंकि तुम्हें तजुर्बा था कि लड़कियों की देखभाल तो चार साल के भाई के हाथों में भी सौंपी जाती थी।

विवेक सिंह के औचक घात की वजह यह थीं कि तीन में से एक बहन का द्वितीय वर्ष का परीक्षाफल घोषित नहीं हुआ था। अघोषित परीक्षाफलों के लिए तीन बार छोटे बाबू यूनिवर्सिटी दौड़ चुके थे, निष्फल। अभिभावक ने कई चक्कर लगाये थे। अब जब परीक्षा फॉर्म जानेवाले थे उसने ज़िद पकड़ ली थी, "मेरी बहन का बी.ए. कैसे पूरा होगा। कल को इसकी शादी नहीं होगी तो कौन ज़िम्मेदार होगा। मैडम आप इसे फॉर्म भरवाइये, इसका साल ख़राब न जाये, जिम्मा आपका है।"

"इसे किस क्लास में डालूँ, दूसरे या तीसरे साल?" तुमने पूछा था।

"तीसरे में डालिये, यूनिवर्सिटी की फलाने की। वी.सी. को हम देख लेंगे।"

तुम्हें लड़का असभ्य लगा था, उसका बोलने का तरीका नागवार। तुमने ज़रा तनकर कहा था तुम नियमों के ख़िलाफ कोई काम नहीं करोगी। फिर तुम रजिस्टर में छात्राओं के नाम गिनने लगी थीं। लड़का बैठा रहा था। तुम्हें कुछ भी खटका नहीं था। अभिभावक अक्सर उठने में देर लगाते थे। तुम्हें नहीं पता कब उस लड़के ने तुम्हारी ही मेज़ से तुम्हारा पेपरवेट उठाया और निशाना लगाया।

उससे भी ज़्यादा हैरानी की बात है कि तुम्हारे आस-पास मँडरानेवाले चपरासी और दाई, टीचरें और बाबू सब कहाँ बिला गये थे। बारह बजे की धूप में सब कहाँ चले गये, जबकि सुबह दस बजे भी किसी बाबू या चपरासी को काम पर बाहर भेजना तुम्हारे लिये कभी आसान नहीं रहा। अक्सर चपरासी कहते—हमारी साइकिल टूटी हुई है। कहें तो रिक्शे से चले जायँ। बाबू पेट पकड़कर पेचिश का बहाना करते। तुम खलबलाती, बिलबिलाती शेरनी की तरह उन्हें घूरतीं पर उनका कुछ बिगाड़ न सकतीं।

उस ख़ूनी दिन तुमने घण्टी तब तक बजायी जब तक वह ख़राब न हो गयी। कोई नहीं आया। तुम लपककर गलियारे के सामनेवाली कक्षा में गयीं। लड़कियाँ और प्राध्यापिका तुम्हारा रक्तरंजित चेहरा देखकर चीख़ पड़ीं। उन्हें लगा तुम्हें गोली लग गयी है। तुम वापस भागकर अपने

दफ़्तर में पहुँच फोन मिलाने लग गयी थीं। तुम्हें अपने बहते ख़ून की परवाह नहीं थी। तुम्हें बैरहना इलाके की पुलिस चौकी पर ज़्यादा यकीन था। कॉलेज का पुस्तकालय प्रभारी तुमसे ज़्यादा समझदार था। वह भागकर पड़ोस का डॉक्टर बुला लाया। डॉक्टर ने ख़ून से लिथड़े तुम्हारे बाल, चेहरा और गर्दन साफ की और सलाह दी कि तुम्हें तत्काल अस्पताल जाना चाहिए। चोट गहरी थी और उसमें टाँके लगाये जाने थे। किसी ने तुम्हारे घर पर ख़बर कर दी। तुम्हारे पति और बेटे ने आकर दफ़्तर से गलियारे तक ख़ून की लकीरें और धब्बे देखकर सोचा कि तुम्हें पुलिस से पहले चिकित्सा की ज़रूरत है। वे तुम्हें अस्पताल ले गये।

तुम भी अज़ीब चीज़ हो कि जब तक कॉलेज की हद में रहीं, तुम घायल होकर भी चौधराहट दिखाती रहीं। तुमने फीस के रुपये अपने सामने बड़े बाबू से गिनवाये, रजिस्टर की गिनती से मिलवाये, यूनिवर्सिटी के प्रपत्र सौंपे और अपनी डायरी पर्स में डाली। जैसे ही तुम कार में, बेटे की बग़ल में बैठीं, कार कॉलेज के फाटक से बाहर निकली कि तुम निढाल होकर लुढ़क गयीं। अस्पताल पहुँचकर तुम्हारे अन्दर पहिया कुर्सी पर बैठने लायक भी ताकत शेष नहीं थी। तब तुम लोगों को एक गन्दा-सा स्ट्रेचर दिखाया गया, जिसे पकड़नेवाला सहायक नदारद था। घर के लोग न होते तो तुम अस्पताल के अहाते में संज्ञाशून्य पड़ी रहतीं। यह शहर का सबसे बड़ा प्रतिष्ठित अस्पताल था जो मेडिकल कॉलेज से सम्बद्ध था। अस्पताल में फैली गन्दगी, लापरवाही और लीचड़पन का वहाँ के डॉक्टरों की अनुपस्थिति, नर्सों के अनमनेपन और सहायकों की कामचोरी से अद्भुत सामंजस्य था। इन्हीं सब के बीच वह आपात् कक्ष था, जिसमें तुम डॉक्टर के इन्तज़ार में लेटी थीं। तुम एक सरकारी कॉलेज में कर्त्तव्य पालन के दौरान घायल हुई थीं। लेकिन सरकारी डॉक्टर की गिनती में यह सब बातें गौण थीं। उसका कहना था, पहले घायल को थाने ले जाकर प्रथम सूचना रपट लिखाइये, उसकी नकल यहाँ जमा करवाइये, उसके पहले हम इन्हें न देखेंगे, न छुएँगे। डॉक्टर की लल्लो-चप्पो करने का कोई नतीजा नहीं निकला था। उसने गर्म चाय पीते और दाँतों में दबाकर बिस्कुट तोड़ते हुए ठण्डे लहज़े में कहा कि वह किसी मरीज़ के लिए अपने

नियम नहीं तोड़ सकता। बेटे को बेकाबू गुस्सा आया और वह डॉक्टर को मारने के लिए लपका था। तुम्हारे पति ने उसे लपककर पकड़ लिया, अन्यथा उस दिन दो पुलिस रपट लिखी जातीं।

हारना तुम्हीं को था यह तुम सबको पता था। घरवालों के सहारे से तुम एक निजी क्लिनिक में पहुँची थीं। जहाँ रात के दस बजे तुम्हें शल्य-चिकित्सा उपलब्ध हुई। तुम्हारे सिर पर छब्बीस टाँके लगे थे। सिर पर पट्टियों का मुकुट लगाये तुम घर लौटी थीं। रात भर लेटना मुहाल था, सोने की कौन कहे। घर के लोग पूरे दिन की दौड़-भाग और दुश्चिन्ता से निढाल होकर लेटते ही सो गये। तुम्हारे मस्तिष्क में वही दृश्य रिवाइण्ड हो होकर घटित होता रहा। लड़के का तुम्हारे सामने बैठना, इसरार करना, तुम्हारा इन्कार करना और उसका आक्रमण। तुम्हारी स्मृति में वे क्षण भी आते रहे जब इतने बड़े कॉलेज में तुम्हारे घण्टी बजाने से कोई पास नहीं फटका। तुम्हारे पास इस वक़्त गर्व करने योग्य कुछ नहीं था। तीस साल की नौकरी में तुमने यह ततैया हार कमायी थी। तुम्हें इस बात की अकड़ थी कि तुम विद्यार्थी वर्ग को पूरी तरह समझती हो। तुम्हारी दूसरी अकड़ थी कि कॉलेज पर तुम्हारा पूर्ण नियन्त्रण है। दोनों दावे पिलपिले निकले।

यह दुर्घटना सुबह के अख़बारों में तीसरे पृष्ठ की सचित्र ख़बर बनी। ख़ून के धब्बों से भरी तुम्हारी शक्ल, कार्यालय का फर्श और मेज़ हादसे का हौलनाक बयान पेश कर रहे थे। परिचित, अपरिचित सभी चिन्ता में दौड़े आये। कॉलेज के वे कर्मचारी जो उस दिन पास नहीं फटके थे, घर पर आये। थाना प्रभारी आकर वचन दे गया कि अपराधी को चौबीस घण्टों में पकड़कर आपके कदमों में बिठा दूँगा। मित्र हितैषी पूरे दिन दिलासा देते रहे।

मित्रों ने कहा, "बड़ी ख़ैर हुई उस लड़के के पास कट्टा नहीं था। आजकल तो स्कूली बच्चे भी रखने लगे हैं। कुछ और मित्रों ने कहा, वह आप पर तेज़ाब भी डाल सकता था, जगह-जगह मिलते हैं एसिड बल्ब।" एक हितैषी सुलतानपुर के थे। वे विस्तार से बताने लगे कैसे वहाँ 'ग' वर्ग की नियुक्ति को लेकर एक असफल अभ्यर्थी ने कॉलेज प्राचार्य को तलवार से काटकर पार डाला था। उस कॉलेज में दो हज़ार छात्र पढ़ते

थे, सौ से ऊपर प्राध्यापक काम करते थे, दोपहर बारह बजे यह घटना घटी जब सब मौजूद थे।

मित्रों ने फैसला सुनाया, "आप बहुत खुशकिस्मत हैं। लड़का चोट कर भाग गया। न गोली चली न बम।" यह दुर्भाग्य के बीच से निकलता हुआ सौभाग्य था, बदली के बीच से चाँद की तरह। तुम्हें लगा कि तुम्हारी हालत उन दरिद्र बच्चों जैसी है जो सारा दिन अपनी शक्ति लगाकर कूड़े में से काम की चीज़ ढूँढ़ निकालते हैं। इस लिहाज़ से बचे-खुचे अस्तित्व को ही सौभाग्य कहा जा सकता है।

टाँके टूटने तक बिस्तर पर पड़े रहना था पर दिमाग़ कहाँ पड़ा रहता। वह तो भटकता रहता। क़भी किसी सवाल का जवाब पाने तो कभी किसी अधूरी बात को पूरा करने। रह-रहकर मन में यह जिज्ञासा उठती कि पुलिस की पकड़ में वह हमलावर लड़का आया या नहीं। थाना प्रभारी वचन देने के बाद सिरे से ग़ायब था। इस बीच तुम तक ख़बरें उड़-उड़कर आती रहीं। वह लड़का सिविल लाइन्स में कॉफी पीता दिखा, वह लड़का विश्वविद्यालय में अपनी कक्षा में बैठा मिला, उस लड़के ने हाईकोर्ट के जज के यहाँ शरण ले रखी है और जज उसका मामा है। यद्यपि तुम महात्मा बुद्ध और महात्मा गाँधी के देश में पैदा हुई थीं, तुम्हारे अन्दर इन दिनों क्षमा-जैसी किसी भावना का संचार नहीं हुआ था। तुम्हें अपनी तर्क क्षमता पर भरोसा था। तुम उसे कानून के हाथों में नहीं अपने हाथों सौंपना चाहती थीं। तुम चाहती थीं कि सिर पर पट्टियाँ खुलने से पूर्व वह एक बार तुम्हारे सामने लाया जाय कि तुम उससे पूछ सको, क्यों विवेक, तुमने ऐसा क्यों किया? मेरी जगह तुम होते तो क्या करते।

बहरहाल, ये सब ख़्याली पुलाव हैं और बिस्तर पर पड़े-पड़े जी भर कर खाये जा सकते हैं। एक क्या कई विवेक सिंह छुट्टे घूम रहे हैं। शिक्षकों के पिटने और मरने की ख़बरें पृष्ठ तीन का भी मैटर नहीं बनतीं। अख़बारों को इससे अधिक चटपटी हिंसा चाहिए, जिससे रात ग्यारह बजे का सनसनीपूर्ण समाचार सजाया जाये।

मित्र हितैषियों का आना अभी थमा नहीं था। सिर के तेरह बाहरी टाँके टूट गये और अन्दर के तेरह अपने-आप घुलने के लिए छोड़ दिये गये। केश-विन्यास हमेशा के लिए बिगड़ गया। लेकिन हार्दिक बधाई

मिलती रहीं। ‘कितनी लकी हो तुम, सिर पर चोट खाकर भी बच गयीं। तुम्हें याद आती रहीं इससे भी बड़ी ख़ुशकिस्मतियाँ जब तुम बच गयीं; डेढ़ साल की उम्र में तुम तीन जानलेवा बीमारियों से लड़कर बच गयी थीं। चेचक, गर्दन तोड़ बुख़ार और डिप्थीरिया को पछाड़ तुम तभी ख़ुशकिस्मतों की जमात में शामिल हो गयी थीं।

●●●

कौवे और कोलकाता

बायें वक्ष पर बँधी चिपकन पट्टी को महसूस करती हुई हेमा जोशी सोच रही है अगर वह पार्क स्ट्रीट से थियेटर रोड को जोड़नेवाली लाउडन स्ट्रीट पर निकल जाय तो क्या आज भी वही महसूस कर सकेगी जो कल तक किया करती थी।

कल तक भी कोलकाता उसके लिए नया था। यहाँ तक कि कोलकाता नामोच्चारण भी। अच्छा भला कलकत्ता था जिससे काफ़िया बिठाकर कविता लिखने में भी ग़ज़ब सहूलियत थी, कलकत्ता, अलबत्ता, सत्ता, भत्ता, कुकुरमुत्ता। पर अब यह जो कोलकाता है तो नये सिरे से सब-कुछ सोचना पड़ेगा। फिलहाल दिमाग़ की बैटरी एकदम डाउन। आह! यह चिलक। चोट चस-चस कर रही है।

कल तक यहाँ नये साल की रौनक थी। रात भर आतिशबाज़ियाँ छोड़ी गयीं, रेस्तराँ के बाहर सान्ता क्लॉज ने टॉफियाँ बाँटीं, रेस्तराँ के अन्दर ग्यारह बजे के बाद गरम आइटम 'पोल डान्स' हुआ और रात भर शहर सोया नहीं। जिन्हें नये साल का कोई महत्त्व नहीं पता था, वे भी दाँत निपोरकर सारे दिन कहते घूमे 'हैप्पी न्यू यर।' शेक्सपीयर सरणी की दुकानें अपनी विशिष्ट सज-धज के साथ रात भर खुली रहीं। हर दुकानदार ने अपने घर से ज़्यादा दुकान को सजाया, सँवारा। चाय के अड्डे रात भर खुले रहे। समोसों की कड़ाही रात भर चढ़ी रही। बड़ा बाज़ार, धरमतल्ला के परिवार भी घूमने, रौनक देखने थियेटर रोड, पार्क स्ट्रीट पर मँडराते रहे। सबने अपनी तरह से जश्न मनाया। जिसकी जैसी जेब। कहीं लोगों की टोलियाँ सिर्फ झाल-मूड़ी (चटपटा चुरमुरा) खाकर

मगन थीं तो कहीं ताज बंगाल में पाँच पेग के बाद भी तृषित थीं। और तो और जिन्हें पहली को वेतन नहीं मिला वे भी दफ़्तर में खुश थे। मौसम उनके मन्सूबों का साथ दे रहा था। उन्होंने आपस में चन्दा इकट्ठा कर बेकर्स पॉयण्ट से बड़ा-सा केक मँगवाकर मिल-बाँटकर खाया।

अभी पिछले महीने अपनी नीली स्ट्रॉली रिड़काते हुए हेमा जब दीदी के घर जा पहुँची थी, दीदी के विस्मय का ठिकाना नहीं था। अजब यह कि दीदी के दिमाग़ में एक भी अच्छा विचार नहीं आया। या विचार नहीं थे, आशंकाएँ थीं।

'अचानक कैसे? ख़ैरियत तो है!'

'नौकरी चल रही है? कोई गड़बड़ तो नहीं है?'

'फोन करने का शऊर अभी भी नहीं सीखा तूने।'

दिन में चार बजे भी दीदी हाउसकोट में थी पर मेकअप किया हुआ था। बाल भी चमक रहे थे। हेमा ने अपने बिखरे बालों पर हाथ फेरा।

जब वह पानी का ग्लास लेकर बैठी, दीदी ने कहा, 'किस देहात से आ रही है तू। बाप रे इतने कपड़े लाद रखे हैं, मोज़े भी पहने हैं। यहाँ तो औरतें स्लीवलैस कपड़ों में घूमती हैं।'

'हमारे यहाँ नवम्बर से ही सर्दियाँ शुरू हो गयीं। मैं बहुत जल्द जुकाम पकड़ लेती हूँ।'

'फिर भी कोई हद होती है। ज़्यादा गर्म कपड़े लादने से शरीर बेडौल दिखायी देता है।'

तकलीफ हुई। आठ साल बाद मिली है बड़ी बहन। न सिर पर हाथ फेरा न घपची में लिया बस हुलिया को लेकर हुलिया-टाइट कर दिया।

'अगर मैं यह कहूँ कि तुम्हें देखने का मन किया तो यह झूठ होगा। लेकिन यह ज़रूर है कि मैं अपने शहर से ऊबकर यहाँ पहुँची हूँ। हर साल मेरी छुट्टियाँ बरबाद चली जाती हैं।'

'कितनी छुट्टियाँ हैं?'

हेमा हँस दी, जवाब नहीं दिया। दीदी का फँसाव वह पहचान रही है।

विज्ञापन-जगत् की सबसे व्यस्त मॉडल, अब भूतपूर्व सुन्दरी, नहीं चाहती कि उसके पराभव में कोई उसे देखे। चार महीने पहले तक वह

चार इंच ऊँची एड़ी की सैण्डिल पहनकर रैम्प पर यह लचककर चलती थी कि सारा हॉल सीटी मारता और सिसकारी लेता था। यों तो वह अड़तीस की हो चली थी, उसकी देहयष्टि अभी अठारह से अट्ठाईस वाली थी। मॉडलिंग की दुनिया में वह एक करिश्मे की तरह मानी जाती थी। देश से ज़्यादा उसके कार्यक्रम विदेश में आयोजित होते। हेमा को अक्सर वह आधी रात में फोन खनखना देती, मैं हीथरो से बोल रही हूँ, यहाँ लन्दन स्टेज शो में आयी थी। अब ऑस्ट्रेलिया के लिए निकल रही हूँ। कभी हांगकांग से चित्रयुक्त कार्ड आ जाता तो कभी शारजाह से एस.एम.एस.। हेमा दीदी अन्तरराष्ट्रीय व्यस्तता की अभ्यस्त हो चली थी। जब कुछ दिन कहीं से फोन न आता, हेमा समझ जाती कि दीदी आजकल कलकत्ते में है।

यह जो अचानक उसे अभूतपूर्व से भूतपूर्व बनना पड़ा, इसमें न कोई युवा प्रतिद्वन्द्वी ज़िम्मेदार थी न कोई कुटिल प्रायोजक। इसमें उसका बेहद अपना, सपने-जैसा सुन्दर बाथरूम खलनायक था। एक दिन दीदी ने नहाने के बाद जैसे ही उठने की कोशिश की, उसका पैर साबुन की टिकिया पर पड़ा और वह सट्ट से फिसल गयी। फ्रैक्चर, प्लास्टर और बिस्तर-कैद में छह हफ़्ते बीते। जोड़ ठीक नहीं बैठा। चार हफ़्ते और बीते। दस हफ़्तों में दीदी की दुनिया लुट गयी। नयी-नयी लड़कियाँ आकर रैम्प पर छा गयीं। फोटोग्राफरों के एलबम में नये चेहरे चिपक गये। प्रायोजकों ने उसे फोन पर सलाह दी, 'मिस बहार, आप बिलकुल जल्दी न कीजिये। हमारा काम तो चल ही रहा है। आप बेफिक्र होकर आराम कीजिये, आपने बहुत काम किया है, अब आपको आराम की ज़रूरत है।'

बहार हक्की-बक्की रह गयी। मॉडलिंग की दुनिया में आराम हराम है। यों रुपये-पैसे की ख़ास किल्लत नहीं पर एकदम ठुल्ली बैठना क्या उसे गवारा होगा।

तीन महीनों में उसके फिगर पर चर्बी की एक परत चढ़ गयी। पहले के कपड़ों में घुसना नामुमकिन हो गया। उसने उबला खाना बनवाना शुरू किया, कोई राहत नहीं। पुरानी सेविका दुलारी ने कहा, 'बेबी खाने से नहीं पानी से मोटा होता है देही।' दीदी ने पानी पीना कम कर दिया।

निर्जलीकरण की शिकार, मरते-मरते बची। पर वह अदा कि किसी सगे-सौतेले को ख़बर नहीं लगने दी।

वह तो दुर्घटना की तरह पहुँची छोटी बहन हेमा जोशी। हेमा का घर का नाम छोटी है। बहार चिढ़ती है, 'छोटी कहाँ है पैंतीस की हो गयी। वह तीन साल पीछे अपने को देखती है, उसे रंग-बिरंगा संसार दिखायी देता है। इतनी जल्द सूर्यास्त हो जायेगा, उसने कब सोचा था।'

दो-चार दिन हेमा ख़ूब उत्साह में रही। सुबह उठी 'उई दीदी, इत्ते ठण्डे कमरे में सोती हो, मेरी तो घिग्घी बँध गयी।' उछलकर दिखाया बहन को, 'वह देखो, डाइनिंगरूम की दीवार पर कौवा। आज कोई आनेवाला है।'

'कौवे तो रोज़ आते हैं, एक नहीं कई-कई पर कौन आता है। अब यहाँ कोई नहीं आता।' बहार की उसाँस निकल गयी।

रविवार की सुबह 'टाइम्स' पढ़ते समय भड़क गयी बहार, 'क्यों छोटी, यह वैवाहिक विज्ञापन तूने दिया है क्या?'

हेमा सन्न!

इत्ती भेद की बात दीदी को पता चल जायेगी, कब सोचा था उसने। 'नहीं बिलकुल नहीं।'

''पर मोबाइल नम्बर तो तेरा ही है। क्या कोई और भी लड़की तेरा मोबाइल नम्बर इस्तेमाल करती है।''

'मैने तो नहीं दिया।'

'पर ब्यौरे तो सब तुझसे मिलते हैं। पैंतीस साल की सुन्दर प्राध्यापिका दिल्ली कार्यरत, वर जाति बन्धन नहीं। ई मेल पता भी तेरा ही है।'

अब और झूठ नहीं बोला जा रहा हेमा से। विज्ञापन देते समय उसने कब सोचा था कि दीदी इतनी फुरसत में होगी कि वैवाहिक पृष्ठ भी खुर्दबीन से पढ़ती होगी। क्या अपने लिये पढ़ती है दीदी?

सैकत ने एक दिन कहा था, 'तुम सब भाई-बहन बहार दीदी को अभिभावक बनाये दे रहे हो। अभी तो उनकी फर्स्टक्लास शादी हो जाये।'

'तुम लोग शादी के चौखटे से अलग रखकर लड़कियों के बारे में सोचते ही नहीं,' हेमा ने वार किया।

'जब तस्वीर मुड़ने-तुड़ने लगे और चौखटे के भी काबिल न रहे, तब की सोचना हेमा।' सैकत ने कहा।

क्या तभी से हेमा के अन्दर अकुलाहट पैदा हुई?

उसके आस-पास के सभी पुरुष विवाहित थे। सहेलियाँ भी एक-एक कर विवाह के बाद साथ छोड़ती जा रही थीं। नयी आनेवाली प्राध्यापिकाओं के बीच हेमा स्वयं को बहुत प्राचीन दिखायी देती। कुछ हफ़्ते उसने शादी डॉट काम पर अपना बायोडाटा डाला। एक भी प्रस्ताव न आने पर भी परेशान हो गयी। उसे लगा वह ज़िन्दगी में ऐसे बस स्टॉप पर खड़ी है जहाँ अब बसें नहीं आतीं। टाइम्स में विज्ञापन उसके भग्न हृदय की हताश हुंकार थी।

इसके लिए ही वह बहार के पास आयी थी कि अगर कोई प्रस्ताव आ जाय तो मध्यस्थ की भूमिका बहन निभा दे।

बहार ने पहले व्यंग्य और फिर विनोद से मामला निपटा देना चाहा।

'उम्र तुमने पहले ही लिख दी। कोई क्यों आना चाहेगा? और सब तो ठीक है यह सुन्दर शब्द कहाँ से आ गया?' हेमा दुःखी हो गयी। दिवंगत माता-पिता पर गुस्सा आया जो बिना अपने काम पूरे किये चटपट चले गये। जीवन में छोड़ गये उसके लिए एक बड़ी बहन जो इतनी आत्मलिप्त रही कि उसके लिए हेमा जैसे है ही नहीं। उसे नहीं आना चाहिए था यहाँ। दीदी उसका मनोविज्ञान बिगाड़ती है। दीदी की निगाहों में वह बेडौल, बदसूरत, भैंगी और क्रैक है। चार दिनों से ये चार विशेषण सुन-सुनकर हेमा को लग रहा है वाकई यही सही है। तंग आकर उसने कह दिया, 'दीदी यह विज्ञापन तो मैंने तुम्हारी शादी के लिए दिया था।'

'तुम्हें यह हक मैंने कब दिया?'

'पापा-मम्मी नहीं हैं, कोई तो सोचे तुम्हारे बारे में। फिर तुम कतार में आगे बढ़ो तो मेरा भी नम्बर लगे।'

'तुम्हें कोई आँख का अन्धा मिले तो कर लो। मुझसे उम्मीद मत रखना।'

'और तुम?'

दीदी की आँखों में शरारत की सुनहरी चमक छा गयी।

जिन का एक और पेग बनाकर वह पुरानी यादों में खो गयी, 'दो साल पहले जब मैंने आबूढाबी में शो किया था, एक अमीर मेरे पीछे ही पड़ गया। जब मैंने नानुकुर की तो बोला, 'अभी काज़ी को बुलाकर निकाह पढ़वा लें, फिर तो मेरी बेग़म बनोगी।'

'नशे में रहा होगा।'

'बिलकुल नहीं। तू क्या जानती है। तू मूर्ख है। मुझसे शादी का प्रस्ताव रखनेवालों में एक क्रिकेट खिलाड़ी, एक पंजाबी फिल्मों का हीरो और एक शेख़ रहा है।'

यादों के साथ दिक्कत यही है कि वे मौजूदा समय में हमें बहलाने के सिवा और कोई काम नहीं आतीं। हेमा ने बड़े तरस के साथ दीदी की तरफ देखा। अब यह बारह बजे तक पीती रहेगी, फिर खाने के नाम पर कै करेगी और धुत्त सो जायेगी। जितनी देर पियेगी उतनी देर अपने प्रेम-प्रसंगों और रैम्प शो के किस्से सुनायेगी। सुबह उठकर नहा-धोकर झूठ और पाखण्ड को फिर हैलमेट की तरह सिर पर रख लेगी। हेमा को लगता है उसकी बहन का विकास सत्रह साल के बाद रुक गया। शर्म आ जाती है जब वह अभी भी कपड़ों, शृंगार-प्रसाधन और अन्तर्वस्त्रों पर ललकती है जैसे किसी वयस्क मनुष्य के जीवन में विचार और सोच के लिए कोई जगह ही नहीं है। जितनी बार हेमा दीदी को कोई पुस्तक या पत्रिका दिखाने की कोशिश करती है वह उसे बिस्तर पर एक तरफ सरकाकर कभी अपने नाखून तराशने लगती है तो कभी लिप ग्लॉस लगाने लगती है।

दीदी का अकेलापन देखती है हेमा। इतने बड़े शहर में उसका एक भी दोस्त नहीं जो बिना फोन, बिना सूचना धड़धड़ाता हुआ चला आये। कोई संगी सहेली नहीं जो उसकी शिथिल देह और मोच खायी टाँग के बावजूद, शाम चार बजे चाय पीने, गप्प मारने चली आये।

आख़िर तो हम बहने हैं, हेमा ने सोचा। संवाद का सिरा मैं ही पकड़ूँ तो क्या। सुबह बात करूँ या शाम?

दुलारी ने कहा, सुबह में बेबी का माथा बहुत गरम रहता, ज़्यादा बातचीत करना नहीं।

शाम को ही ठीक रहेगा, हेमा ने सोचा।

दिन भर दीदी अपनी देह की रगड़ायी, धुलायी और चमकायी में लगी रहती। शाम तक वह अपने को कमनीय बना लेती। जबकि हेमा सुबह साफ-सुथरी लगती और शाम तक धीमे होते जाते बल्ब-जैसी हो जाती।

उस घर में शाम की शुरुआत उत्सव की तरह थी। फ्रिज के ऊपर रखी ट्रे में सभी क्रिस्टल ग्लास नेपकिन से रगड़-रगड़कर चमकाये जाते। मिनी बार में वोदका, जिन और वाइन की बोतलें काउण्टर पर रखी जातीं। क्या पता कब कौन आ जाय। दुलारी छोटी प्यालियों में सलाद, नट्स और नमकीन सजा देती। दीदी टैली पर फैशन चैनल लगा देती और आवाज़ गुम कर देती। फिर वह अपनी व्याख्या शुरू कर देती, यह लड़की सुन्दर नहीं है। वह तो एकदम बेकार है। इसके बाल नकली हैं। इसके फिगर में सिलिकोन भरा है।

हेमा के मुँह से निकल पड़ा, 'दीदी कभी तो देह से हटकर सोचा करो।'

'क्यों? क्यों सोचूँ। देह से अलग स्त्री कुछ नहीं है। तू ज़्यादा वैदेही बनेगी तो तेरे पास भी कोई नहीं फटकेगा।'

'मेरी फिक्र छोड़ दो दीदी। तुम्हें देखने के बाद मुझे लग रहा है कि अपनी फिक्र मुझे आप करनी होगी। अपनी सोचो। दस साल बाद जब शरीर झुर्राने लगेगा, तब क्या करोगी।'

'कैसे झुर्रायेगा। मैं इसे बादाम के तेल में डुबोकर रखूँगी, चार घण्टे योगाभ्यास करूँगी, खाने के नाम पर सिर्फ सलाद खाऊँगी।'

'उम्र का क्या करोगी?'

'कैसे पता लगेगी उम्र। मैंने अपनी जन्मपत्री, हाईस्कूल सर्टिफिकेट सब फाड़ फेंके हैं। बस एक तू महारानी अपनी उम्र का सही मैनेजमेण्ट करे तो मैं अभी दस साल 28 की रही आऊँ।'

'वह क्या है दीदी सर्विस बुक से लेकर हर जगह दर्ज़ है मेरी सही उम्र।'

दीदी के चेहरे पर शैतानी की शरारत और चमक उभरी। उसने जिन का एक और पैग बनाकर कहा, 'ऐसा कर तू मेरी बड़ी बहन बन जा।'

'यह बात मुश्किल तो है नामुमकिन नहीं है,' हेमा ने कहा और कहती गयी, 'मैं तुझसे यह कहना चाहती थी कि क्या तुम्हें ऐसा नहीं लगता अब तक जो जीवन तुमने जिया वह दिशाहीन था। ऐसे में हम आज से शुरू करते हैं अपना सार्थक जीवन। इस जीवन में न्यूनतम सामान हो, थोड़ी-सी ज़रूरतें हों, दो-चार पक्के दोस्त हों, एक शेल्फ भर किताबें हों, कोने में एक मेज़ हो जिस पर कागज़ और कलम हो।'

'ऐसी बोर ज़िन्दगी तुझे मुबारक, मेरे लिये तो वह सजा है।' दीदी ने मेरी बात को व्यर्थ करते हुए कहा।

यारब न वो समझे हैं न समझेंगे मेरी बात जैसी लाचारी में हेमा ने बात मुल्तवी कर दी।

बायें वक्ष में टीस हो रही थी। दीदी को बताने का कोई लाभ नहीं था। वह हँसी उड़ाती या उसके दर्द की धज्जियाँ। हेमा ने घुमा-फिराकर पूछा 'तुम्हारा फेमिली डॉक्टर कौन है?'

'जब मेरे फेमिली नहीं है तो फेमिली डॉक्टर कैसे हो सकता है?'

'कोई पर्सनल डॉक्टर?'

'क्या बात है। तुझे पीरियड्स तो वक़्त पर आ रहे हैं न।'

'हाँ उसकी कोई समस्या नहीं है। कोई लेडी डॉक्टर बता न?'

'फँस गयी न तू भी। कितने हफ़्ते ऊपर हुई है? शादी करेगा या अबॉर्शन के पाँच हज़ार देकर छुट्टी करेगा।' दीदी की आवाज़ में चुनौती, व्यंग्य और विनोद तीनों था।

'कुछ नहीं पेट दर्द रहता है, इसीलिए।'

'तो फिजिशियन को दिखा। लेडी डॉक्टर जैसी बीमारी कहाँ है तुझे?'

अन्दर उबलते गुस्से से हेमा खलबला उठी। अपने तमाम आधुनिक सोच-विचार के बावजूद मन में संकोच बैठा हुआ था कि अन्तरंग का अनावरण पुरुष डॉक्टर के सामने कैसे करे। चोट किसी बाहरी अंग पर होती तो वह किसी के दवाख़ाने में जाकर उपचार करवा लेती। यह तो

अन्तर्वस्त्र उतारकर दिखानेवाली चोट थी। मन में और भी कई ऊहापोह थे। क्या डॉक्टर विश्वास करेगा कि यह परिन्दे का दिया हुआ आघात है। क्या भरोसा वह इसे दरिन्दे की करतूत समझे। जब वह उसे बतायेगी कि इसमें उसका कोई कसूर नहीं है, वह तो मगन मन नहा रही थी। उसके चेहरे पर साबुन लगा था, आँखें बन्द थीं। पता नहीं चला कब वह कौवा खिड़की के रास्ते अन्दर घुस आया और सीधे वक्ष पर हमला बोल दिया। उफ उसके पंजों की खरखरी पकड़ अभी तक ज़ेहन में मौजूद है। वह यह भी नहीं कह सकती कि घाव और ख़रोंचें सिर्फ पंजों की हैं या चोंच की भी। साबुन लगी आँखें खोलते न खोलते कौवा तो फड़फड़ाकर उड़ गया, उसे चीख़ता छोड़कर। बायें उरोज की त्वचा जैसे चिथड़ा हो गयी। कुछ देर को तो बस अंग-प्रत्यंग काँपता रहा। हेमा हाथ वक्ष पर दबाकर रोती रही, सिसकारी भरती रही। भय और नफरत ने कुछ देर को उसे अपंग कर दिया। 'शी, इत्ती गन्दी घटना वह भी मेरे साथ' हेमा को यही लगता रहा। काँपते हाथों से उसने बाथरूम केबिनेट से सेवलॉन की शीशी निकाली और काफी-सा एण्टीसेप्टिक चोट पर उँड़ेल लिया। कुछ देर तक वह इसी काम में लगी रही। एक बार घाव पर पानी डालती, दूसरी बार एण्टीसेप्टिक। दर्द से चेहरा विवर्ण हो आया, किसी तरह उसने शरीर पर ड्रेसिंग गाउन लपेटा और बाहर आयी।

कमरे में दीदी टेबिल लैम्प जलाकर अपने नाख़ून रंग रही थी। उसने हेमा की तरफ देखा ही नहीं। जब उसने बिसूरते हुए कहा, दीदी—

बहार बोली:, 'डिस्टर्ब मत कर, एक और कोट लगाना पड़ जायगा।'

हेमा अन्दर के कमरे में लेट गयी। आँखें घुमकार देखा। सब खिड़कियाँ बन्द थीं। उसने धीरे से ड्रेसिंग गाउन का हिस्सा हटाकर देखा। रक्तस्राव बन्द हो चुका था किन्तु चोट पर अन्तर्वस्त्र किसी भी तरह नहीं पहने जा सकते थे। हेमा ने तय किया वह बहार को इस हादसे के बारे में कुछ नहीं बतायेगी। अव्वल तो उसकी जानने में दिलचस्पी ही न होगी। दूसरे अगर सुन भी लिया तो वह इस बात पर उसकी हँसी उड़ायेगी कि वह खिड़की खोलकर क्यों नहायी। हेमा अभी से दीदी की प्रतिक्रिया अपने कानों में सुन सकती है : 'जब पता है बाथरूम की खिड़की पार्क में खुलती है, पार्क में बड़े-बड़े पेड़ हैं। सारे दिन बाथरूम में उड़-उड़कर

सूखे पत्ते आते रहते हैं। वह तो रोशनदान नहीं है इसलिए थोड़ी देर खिड़की खुली रखनी होती है। मैं तो नहाते समय खिड़की बन्द रखती हूँ।' वह अकल छाँटेगी और डाँटेगी। वह झुककर हेमा को घपची में भरकर यह नहीं पूछेगी 'प्यारी मुन्नी, बता तो क्या हो गया। कहाँ लगी है चोट। ला मैं दवा लगा दूँ।'

हेमा का मन यकायक उखड़ गया। कलकत्ते के इस पते-ठिकाने पर, जहाँ कोई अपनापन नहीं, जहाँ सगे भी सौतेले बने हुए हैं, वह क्या करने आयी हुई है। अगर वह धर्मशाला में ठहरी होती और किसी अनजान अपरिचित से सहायता माँगती तो उसे ज़्यादा सहारा मिल जाता। इससे अच्छी तो उसकी दिल्ली है जहाँ खिड़की के रास्ते चोर भले आ जायें परिन्दे नहीं आते। उसे लगा बेग़ाने घर के कौवे कोयल भी बेग़ाने होते हैं, दुश्मन पंछी।

उसने तय कर लिया, वापस जाना है, आज ही। अपने शहर अपने जीवन और जंजाल संजाल के शहर/वहीं वह डॉक्टर के पास जायेगी, वहीं अपनी छुट्टी के शेष दिन बितायेगी। किराये का सही, वहाँ उसका अपना घर है, अपनी नौकरी, अपना संसार। यह शहर उसके लिए बस स्मृति बन जायेगा, छाती में उठती चिलक की तरह। शेष जीवन जब भी उसे कहीं कौवे दिखेंगे, कोलकाता याद आयेगा।

●●●

चोरी

रोज़ ही किसी-न-किसी घर की बाड़ ऊँची करवायी जाती। फिर बाड़ के ऊपर लोहे के त्रिशूल के आकार के काँटों की ग्रिल लगवायी जाती। देखते-देखते घर की सारी हरियाली छिप जाती। उसकी जगह जेल-जैसे सीख़चे और छुरे-जैसे सिरे दिखते। जिन घरों में चहारदीवारी ऊँची करने की गुंजाइश नहीं थी, उनमें सुरक्षा का दूसरा उपाय था। इलाके के सौ-पचास घरों के दोनों तरफ, गली के बीचोंबीच, लोहे के जंगी फाटक लगा दिये गये थे। ये फाटक ठीक दस बजे बन्द कर दिये जाते। सुबह छह बजे खोल दिये जाते। मोहल्ले का ख़्याल था कि शरीफ लोग वापस आने में इससे ज़्यादा देर नहीं करते। वे इससे जल्दी उठना भी उचित नहीं समझते। वैसे चौकीदार को उनकी जगह शरारती लोगों का ज़्यादा इन्तज़ार रहता क्योंकि वे दस के बाद फाटक खुलवाने के दो या पाँच रुपये उसके हाथ पर रख देते।

इतने उपाय के बावजूद चोरी, डकैती और छिनैती का बोलबाला था। अगर आप अपना स्कूटर खड़ा कर लघुशंका जैसी संक्षिप्त कार्यवाही भी सम्पादित करते, आपका स्कूटर उड़ा लिया जाता। चारों ओर राम-नाम की धूम मची थी फिर भी रामराज कायम नहीं हुआ था। लोग अपने घर के सभी दरवाज़ों पर पक्के ताले ठोककर सोते पर सुबह उठकर पाते कि चोरों ने तालों को कोई तवज्जो न देकर सीधे चिटख़नी ही काट डाली है। बचपन में पढ़ी कहानियाँ दिमाग़ में ताज़ा हो आतीं जिनमें ऐसे चतुर चोरों का वर्णन होता कि आपकी आँख का काजल चुरा ले जायें और आपको ख़बर न हो। चोर और पुलिस में छत्तीस का रिश्ता इस कदर था कि पुलिस चोर को पकड़ने में कम ही कामयाब होती। चोर हमेशा ज़्यादा

चुस्त, चालाक और चौकन्ना साबित होता। कई बार माल की औनी-पौनी बरामदगी हो जाती, पर चोर के नाम का तब भी ख़ुलासा न होता।

फिर भी शहर में पुलिस थी इसलिए सुरक्षा के लिए लोगों की गुहार थी। सुबह से शहर की हर सड़क पर गश्त लगाते, डण्डा बजाते, ठेलेवालों से हफ़्ता वसूलते पुलिस के सिपाही ख़ाकी वर्दी में नज़र आते। जगह-जगह थाने और चौकी बनी थी। लुटा हुआ आदमी सबसे पहले रपट लिखाने लपकता।

यही डॉक्टर उमंग सक्सेना ने करना चाहा। शहर के बाहरी रईस इलाके ड्रमण्ड रोड पर उसके पिता का बँगला था। एक हज़ार वर्ग मीटर के प्लॉट में बना यह पुराने ढंग का स्थापत्य था जिसमें चारों ओर चौड़ा बरामदा, हॉलनुमा कमरे, बड़े गुसलख़ाने और शीशेदार लम्बे दरवाज़े थे। उसके पिता बताते थे, पहले हमारे घर के सोलह दरवाज़े बाहर की ओर खुलते थे। तेरी माँ बहुत थक जाती थी देखभाल करते। सो मैंने छह दरवाज़े चिनवा दिये। अगर कभी बिजली चली जाती तो हम दोनों टॉर्च जलाकर देखते कि दरवाज़ों की ऊपर-नीचे की चिटख़नी लगी हुई है या नहीं। बँगले के अहाते में तीन कोठरियाँ सेवकों के लिए बनी थीं। बँगले के पिछवाड़े की खिड़कियाँ कभी खोली नहीं जाती थीं, वे बन्द और जाम ही नहीं पड़ी थीं, उन पर धूल और जालों का सुरक्षा जाल भी तना था। सभी खिड़कियों में खड़े सीख़चे जड़े थे।

दिसम्बर की एक ठुरठुराती रात, जब कोहरा महुए की तरह टप-टप चू रहा था और सब अपनी रज़ाई में दुबके सो रहे थे, सक्सेना भवन में चोर बाथरूम की खिड़की के सीख़चे उखाड़कर घुस आये। वहाँ से बॉक्सरूम पहुँचकर उन्होंने बड़ी तसल्ली से सामान, ज़ेवर और पैसा समेटा। घर में जहाँ-जहाँ रुपया रखा जाता था, सब पर उन्होंने हाथ साफ किया। अजीब बात यह कि उन्होंने भोजन-कक्ष में मेज़ पर रखे न सिर्फ लड्डू खा लिये, वहाँ रखा हीटर भी चला दिया और जलता छोड़ गये।

सुबह सक्सेना परिवार, घर में हुई चोरी और सीनाज़ोरी देख अवाक् रह गया। उमंग ने पहली झुँझलाहट पिता पर निकाली, 'कितनी बार आपसे कहा पापा, यह पुरानी कोठी बेचकर फ़्लैट ख़रीद लो पर नहीं, मच्छर की तरह चिपके हैं आप इन लोना खायी दीवारों से।'

बबिता ने मुँह फुला लिया। आँसू आने से पहले उसने आँचल आँखों से लगा लिया और बोली, 'मेरी माँ के दिये चारों सेट चोर ले गये। मैं तो नंगी-बुच्ची हो गयी।'

सक्सेना साहब ने कभी ग़ौर नहीं किया था बहू के पास कितने सेट गहने हैं और कहाँ से आये हैं। पत्नी की मृत्यु के बाद से सभी अलमारियों का ज़िम्मा बबिता का था। इतना इन्हें पता था कि बहू गहने बैंक के लॉकर में रखने के विरुद्ध थी। वह कहती, 'बाबू जी यह पुराने ज़माने के ज़ेवरों के लिए हर साल लॉकर का किराया देना बेवकूफी होगी। आये दिन बाहर जाना पड़ता है, कहाँ तक बैंक भागूँगी।'

आज की कीमत के हिसाब से चोरी चार लाख की लिखवायी गयी।

यह भी तय किया कि जल्दी ही इस कोठी को बेचकर वे किसी सुरक्षित कॉलोनी में बड़ा-सा फ्लैट ले लेंगे।

पुलिस कुछ दिन सक्रिय रही, फिर निष्क्रिय होती गयी। सक्सेना परिवार मन मसोसकर बैठ गया कि हर चोरी में यही होता आया है।

एक रात जब खाना खाने के बाद सक्सेना परिवार आज तक और स्टार न्यूज़ के बीच चैनल बदल-बदलकर समाचार देख रहा था, घर की घण्टी बजी। खिड़की से झाँकने पर दो आदमी दिखे।

'डॉक्टर साब से मिलना है।' उन्होंने बताया।

'बड़ेवाले या छोटेवाले?' नौकर ने पूछा।

'दोनों से', आदमियों ने कहा।

दरवाज़ा खोला गया। नौकर को निर्देश था कि वह हमेशा साथ में खड़ा रहा करे। वह आदेश का पालन कर रहा था हालाँकि उसकी नज़र टी.वी. पर जमी थी। अजनबियों पर शक्की नज़र डाल बबिता भी अन्दर के कमरे में चली गयी। एक अजनबी ने कहा, 'डॉक्टर साब आपके घर चोरी हुई थी उसका कुछ पता चला?

उमंग ने सशंकित नज़र प्रश्नकर्त्ता पर डाली। वह धुली मगर बग़ैर इस्त्री की कमीज़ और पजामा पहने हुए मझोले कद का शिक्षित आदमी नज़र आता था। उसके साथ आया नौजवान बेपरवाह और निरुत्साही लग रहा था।

'तुम्हें किसने भेजा है, यहाँ तुम्हें क्या काम है?' उमंग ने कहा। 'मैं अपराध-मनोविज्ञान पर ए.एम.यू. में रिसर्च कर रहा हूँ। कावल नगरों में दो-दो महीने लगाकर पढ़ाई करने का इरादा है। यहाँ पिछले दो महीने की रपटें देखीं तो उसमें आपका ज़िक्र मिला।'

'पर मैं आपको नहीं जानता। यह कोई समय भी नहीं है आने का।'

'ठीक है, मैं सुबह आ जाऊँगा, नमस्ते।'

उमंग उलझन में पड़ा, उन दोनों को जाते देखता रहा। सुबह पिता से बात करके दोनों ने यह निष्कर्ष निकाला कि आज उस लड़के से ए.एम.यू. का शोध-स्वीकृति पत्र देखा जाय।

'वह ठग भी हो सकता है', सक्सेना साहब बोले।

'ठग तो नहीं लग रहा था वह।' उमंग ने कहा।

सक्सेना साहब चिढ़ गये, 'आजकल कौन क्या हो सकता है, तुम क्या जानते हो। नाक, कान, गला, देख लेते हो, इसका मतलब यह तो नहीं कि तुम आदमी के अन्दर भी झाँक लेते हो। अभी पिछले हफ़्ते बत्रा साहब तहसील का मैदान पार कर रहे थे। दो लड़कों ने सामने आकर उन्हें प्रणाम किया और उनकी जेब में रखा पाँच सौ का नोट निकाल लिया। वे ठग नहीं लगते थे पर उन्होंने ठगी की।'

'तब आप ही तय कीजिये पापा उन लोगों से कैसे निपटा जाये।'

'पुलिस को ख़बर करें।'

'पुलिस ने पहले भी कुछ नहीं किया।'

'अच्छा मुझे बोलने दो। तुम साथ बैठ जाना।'

नौ बजे के करीब वह आदमी आया। आज वह ठीक से तैयार होकर आया था। उसे अकेले देखकर पिता-पुत्र कुछ आश्वस्त हुए। उसके हाथ में फाइल थी। आते ही उसने फाइल खोलकर ए.एम.यू. का पंजीकरण-पत्र और गाइड का निर्देश-पत्र दिखाया। विद्यार्थी का नाम राशिद हुसैन था।

सक्सेना साहब ने कहा, 'अपने विषय के लिए तुम्हें अपराधियों के पास जाना चाहिए। यहाँ क्या करने आये हो?'

'मैं उनके पास भी जाता हूँ। आपको यकीन नहीं होगा पर हर बड़े शहर के आस-पास ऐसे कई ठिकाने हैं जहाँ केवल चोर-उचक्के रहते हैं।'

'यहाँ भी?'

'बेशक शंकरगढ़, नैनी और पूरामुफ्ती में ऐसी बस्तियाँ हैं जहाँ सब अपराधी रहते हैं। कोई किसी को बुरा नहीं समझता। उनके बच्चों से बाप का अता-पता पूछो तो बच्चे कहते हैं, बापू काम पर गये हैं, सुबह आयेंगे। आये दिन इन घरों में पुलिस का छापा पड़ता है। आदमी जेल में ठूँसे जाते हैं। सज़ा काटकर ये फिर उसी काम में लग जाते हैं। पूछो तो कहते हैं–'हाँ पिछले दिनों ज़रा नैनी चले गये थे। अब काम पर लौट आये हैं।'

बबिता जो अब तक दूसरे कमरे से ये बातें सुन रही थी, हैरान थी कि यह मामूली-सा छात्र चोरों के बारे में इतना कुछ जानता है।

राशिद हुसैन ने कहा, 'आपके पास एक ख़ास मकसद से आया था। क्या आपके पर्स से आपका कार्ड वग़ैरह भी चोरी हुआ था?'

उमंग ने कहा, 'हाँ मेरे दो क्रेडिट कार्ड ग़ायब हैं। क्यों?' राशिद हुसैन ने जेब से कई क्रेडिट कार्ड निकालकर मेज़ पर रखे। 'शनिवार को शंकरगढ़ में एक आदमी ने ये निकालकर दिये मुझे। कह रहा था चोरी के धन्धे में कुछ नहीं रखा है। लोगों के खीसे में पैसा होता ही नहीं है। सब प्लास्टिक मनी रखते हैं।'

उनमें एक कार्ड उमंग सक्सेना का था। एक कार्ड के नाम और फोटो की जगह कैंची से काटा हुआ था। वैसे उमंग अपनी बैंक को सूचित कर अपना कोड नम्बर रुकवा चुका था। सक्सेना साहब बोले, 'आप पुलिस को यह सब बताइये। इससे चोरों को पकड़ने में मदद मिलेगी।'

राशिद ने कहा, 'पुलिस की दिलचस्पी चोर पकड़ने से ज़्यादा हिस्सा वसूलने में होती है। आधी से ज़्यादा चोरियों में पुलिस की मिलीभगत होती है।'

'इन सब बातों से हमें क्या मतलब। हम तो इतना जानते हैं कि हमारे यहाँ की चोरी का अभी तक खुलासा नहीं हुआ। आप यह क्रेडिट

कार्ड लाये हैं इसका सीधा मतलब है आप हमारे चोर तक पहुँच गये और पुलिस नहीं पहुँची। बताइये।'

'पुलिस भी पहुँची। इसीलिए मैं यहाँ आया हूँ। पुलिस ने शंकरगढ़ में दबिश देकर इन लोगों को पकड़ा। थाने में उन्हें इतना मारा कि उन्होंने जुर्म कुबूल कर लिया।'

'और हमारे माल का क्या हुआ?' बबिता ने तेज़ आवाज़ में कहा।

'यही मैं अर्ज़ कर रहा था। उन दोनों की बीवियाँ रो रही थीं कि चोरी में पचास हज़ार का भी माल नहीं निकला और आपने चार लाख की रपट लिखा दी।'

'झूठ, बिलकुल झूठ', बबिता भड़क गयी, 'चार तो मेरे ही सेट थे।'

'देखिये जितनी अब तक मैंने खोजबीन की है मैं बता रहा हूँ। डिटेल नहीं बता सकूँगा। हाँ, शाम को मैं उस आदमी के भाई को साथ लाया था। उसी ने आपका पता-ठिकाना बताया।'

'आप चोर के साथ आये थे।' बबिता चीख़ी।

'नहीं मैडम, उसके भाई के साथ। वह आदमी तो पुलिस की गिरफ़्त में है।'

'हमसे क्या चाहते हैं आप?' उमंग ने तंग आकर पूछा।

राशिद ने कहा, 'उसकी फेमिली का कहना है कि आप केस वापस ले लें तो...।'

'हमें बिलकुल बेवकूफ समझते हैं आप?' सक्सेना साहब उठ खड़े हुए।

राशिद हुसैन फाइल समेटकर चलने को हुआ। फिर ज़रा ठिठका, 'मैं तो महज़ उन लोगों की गुज़ारिश आप तक लाया था। उसके भाई का कहना है कि गहने सिर्फ अठारह हज़ार में बिके। नकद मुश्किल से बाइस एक निकला था। आप अपना चालीस हज़ार ले लें और बराय मेहरबानी केस वापस ले लें।'

'पर वह तो पुलिस की चंगुल में आ चुका। यह नहीं तो कोई और जुर्म उस पर चिपका देगी वह।' सक्सेना ने कहा। वैसे उनका दिमाग़ तेज़ी

से हिसाब में लगा था। जब उन्होंने पुलिस को बताया था कि करीब चालीस हज़ार का नुकसान हुआ है, पुलिस ने ही उन्हें सुझाया था कि वे केस को वज़नदार बनाने के लिए नुकसान ज़्यादा का दिखायें।

'देखिये हर चोरी में पुलिस का आधमआध का हिस्सा होता है। अब पुलिस बदरू को मार रही है और दो लाख भी माँग रही है।'

परिवार हक्का-बक्का राशिद हुसैन की तरफ देख रहा था।

जाते-जाते राशिद ने कहा, 'मैं शाम को आऊँगा। तब तक आप सोच लें। वैसे मुझे इस सबसे कोई मतलब नहीं है। मेरी रिसर्च तो अपनी जगह है।'

●●●

सूनी

नाम था उसका सुनन्दा, लेकिन उसे ज़्यादातर लोग सुनी या सूनी कहते थे। शुरू में इस सम्बोधन की विशिष्टता उसे महसूस नहीं हुई लेकिन धीरे-धीरे जैसे-जैसे बरस खिसकते गये सुनन्दा स्वयं अपना असली नाम भुला बैठी और अपने-आपको सूनी ही समझने लगी। नाम, व्यक्तित्व और जीवन में। ऐसा नहीं था कि वह कोई असफल जीवन जी रही थी, बाकायदा एम.ए., डी.फिल. तक की शिक्षा पाकर उसने इस महिला कॉलेज में प्राध्यापिका के पद पर ग्यारह साल बिताये थे। हिन्दी विभाग में अब उसकी गिनती वरिष्ठ सदस्यों में थी, उसे बी.ए. ऑनर्स के लेक्चर भी मिले हुए थे जो एम.ए. से भी ज़्यादा प्रतिष्ठित ज़िम्मेदारी माना जाता था। सूरत-शक्ल से वह औसत से ज़्यादा सुन्दर थी लेकिन उसके व्यक्तित्व में ग्लैमर का अभाव था। उसकी कपड़ों की पसन्द भी कुछ ज़्यादा गम्भीर और सादी थी। लिहाज़ा जो उसे जानते थे वे सुन्दर मानते थे लेकिन जो नहीं जानते थे, वे परिचय और सम्पर्क के लिए बेताब भी नहीं थे। वह क्लास लेती, स्टाफरूम में बैठकर चाय पीती, लाइब्रेरी में कुछ वक़्त बिताती और जब क्लास ख़त्म हो जाती तब भी घर जाना स्थगित करती रहती। जब से माँ नहीं रही, घर बेहद सुनसान हो गया था। कुछ महीने उसने माँ से जुड़ी चीज़ें यादगार की तरह सँभालकर रखीं। फिर नये सिरे से जीने के इरादे से उसने वे सब चीज़ें अपने आत्मीयों में बाँट दीं–पूजा की स्टील की चौकी, मखमल के जम्पर, रुद्राक्ष की माला और चाँदी का लोटा। माँ की सफेद धोतियाँ उसने पहले ही फकीरों को दे दी थीं। अब उसके घर में गिना-चुना सामान था। एक अविवाहित लड़की जैसा घर बनाती है, वैसा। यह दो कमरों का फ़्लैट था। नम्बर चार। इस

इमारत में सिर्फ छह फ़्लैट थे, नीचे के कुछ बड़े, बीचवाले दो कमरों के छोटे और सबसे ऊपर एक कमरे के साथ छत का हिस्सा। सूनी के घर में सबसे ज़्यादा संख्या किताबों की थी। दोनों कमरों में किताबें-ही-किताबें नज़र आती थीं, बेतरतीब, जगह-जगह। वह रोज़ सोचती इन्हें उठाकर रखेगी, ठीक से जमायेगी लेकिन रोज़ रात होते-होते वह ऐसी उदासी और जड़ता से जाम हो जाती कि यह काम कल पर टाल देती। अच्छे वेतन के बावजूद सूनी एक संन्यासी का जीवन व्यतीत कर रही थी। उसकी बार्डरोब में एक भी चटख रंग की साड़ी नहीं थी। उसे पसन्द ही आते थे मटमैले, दबे रंग-काले, स्लेटी, भूरे, ऊदे, सफेद।

महिला कॉलेजों में जीवन कितना एकाकी हो सकता है यह वहाँ काम करनेवाले ही जान सकते हैं। छुट्टी की घण्टी बजते ही मिनटों में कॉलेज ख़ाली हो जाता। कहाँ कॉलेज के बाहर रिक्शों की कतार खड़ी होती, कहाँ सारी ग़ायब हो जाती। जिस स्पीड से क्लासरूम ख़ाली होते उसी स्पीड से चौकीदार उनमें ताला डालता रहता। देखते-देखते सब तरफ सन्नाटा छा जाता, बस पीछे के मैदान का एक नल, पड़-पड़ आवाज़ करता अपनी मौजूदगी बताता रहता। माली अपनी कोठरी में पहुँचकर मगन हो जाता। थोड़ी देर में चौकीदार भी चाबियों का बड़ा-सा गोल तार झनझनाता हुआ मेन गेट बन्द करने के लिए चल पड़ता। ऐसे में अगर कोई टीचर या लड़की घर जाने में देर लगाती तो चौकीदार, माली बड़ी हैरानी और बेसब्री से उसे देखने लगते।

रिक्शे में घर की तरफ जाते-जाते सूनी सोचती—आज कौन-सा दिन था—मंगल या बुध? कौन-सी तारीख़ थी—इक्कीस या बाईस? वह अपनी घड़ी देखती और पाती उस दिन न इक्कीस थी न बाईस, बल्कि तेईस तारीख़ थी, दिन था गुरुवार। सूनी को दुःख होता, कैसे वह इतनी मामूली बातें भी भूल जाती है जबकि जिन बातों को वह भूलना चाहती थी, वे बार-बार याद आतीं।

एक बार सूनी माँ को लेकर हरिद्वार गयी थी। वहाँ माँ बड़ी खुश और व्यस्त रहतीं। मुँह अँधेरे स्नान के बाद वे इस मन्दिर से उस मन्दिर पैदल जाती रहतीं। हरिद्वार उनका देखा-भाला था इसलिए सूनी को सोते से न जगाकर वे कई बार अकेले निकल जातीं। एक दिन सूनी धर्मशाला के

चबूतरे पर बैठी पढ़ रही थी कि खी-खी की आवाज़ सुनकर उसने सिर ऊपर उठाया। धर्मशाला की मुँडेर पर एक बन्दर बैठा गुस्से में खोंखिया रहा था। बन्दर नीचे कुएँ के पास आया, उसने इधर-उधर पानी टटोला। फिर वह हैण्डपम्प की तरफ कूद गया। वहाँ भी पानी नहीं था। बन्दर फिर खोंखियाने लगा। सूनी ने उसकी दिक्कत समझी और पास जाकर हैण्डपम्प चला दिया। बन्दर ने अपना मुँह पानी की बहती धार के नीचे लगा दिया और देर तक पानी पीता रहा। सूनी फिर पढ़ने बैठ गयी। इसके बाद वह बन्दर जब-जब आता और अगर सूनी वहाँ होती तो पहले ही नल के नीचे मुँह खोलकर बैठ जाता। बन्दर को पानी पिलाकर सूनी को बड़ा सन्तोष मिलता। दस दिन बाद जब उनके जाने का वक़्त आया, सूनी ने माँ से कहा, 'माँ हम लोग बन्दर को भी ले चलें?'

'छिः' माँ ने कहा, 'इस गन्दगी को कहाँ उठाये फिरेगी? बन्दर किस काम का जानवर! बन्दर जात को न डर, न तमीज़, फेंक इसे।'

सूनी चुप हो गयी। वह माँ से बहस नहीं करना चाहती थी, लेकिन कुछ महीने बाद जब वे दोबारा वहाँ गयीं तो सूनी को यह जानकर बेहद तकलीफ हुई कि उस बन्दर को मदारी पकड़कर ले गये। उसे लगा कि उस दिन अगर उसने बन्दर को साथ ले लिया होता तो वह बच सकता था। सूनी ने एक कार्यक्रम में देखा था मदारी बन्दरों को कितनी तकलीफें देते हैं।

बन्दर तो महज़ एक प्रसंग था। असली कष्ट सूनी को माँ की संवेदनहीनता से हुआ था। सूनी के मन में माँ की एक पारम्परिक तस्वीर थी। माँ के इस पारम्परिक रूप में उसके ज़ेहन में एक त्यागमयी, करुणाशील और कोमल हृदय की स्त्री आती थी। लेकिन न जाने कितनी बार सूनी को अपनी माँ ठीक इसके विपरीत लगती थी। जिस तरह वे घर की महरी को झिड़क देतीं, रिश्तेदारों को कड़वी चिट्ठियाँ लिखवातीं और छोटी-छोटी बातों में झूठ बोल देतीं, सूनी बेहद आहत हो जाती। जब वह विरोध करती माँ अपना सबसे अचूक अस्त्र आँखों के रास्ते निकालतीं और आँचल से पोंछ लेतीं। सूनी सब समझते हुए भी हारने और माफी माँगने में अपनी ख़ैर समझती।

सही समय पर उसकी शादी न होने के पीछे भी माँ की बड़ी अहम् भूमिका थी। जब भी किसी ने सूनी में ज़रा ज़्यादा दिलचस्पी ली और घर आना-जाना शुरू किया, माँ ने अपनी शर्तें बताकर उसे इतना डरा दिया कि वह तभी भाग खड़ा हुआ। माँ का कहना था कि वे सूनी के लिए ऐसा वर चाहती हैं, जो उन्हीं के साथ आकर रहे, कभी ऊँची आवाज़ में न बोले, माँ के लिए सेवा-भाव रखे और सूनी और माँ के बीच में दीवार बनने की कोशिश न करे। कई बार तो यही समझ नहीं आता था कि माँ वर सूनी के लिए खोज रही हैं या अपने लिये। सूनी को बड़ा बुरा लगता पर माँ की मुख़ालफत का हश्र वह जानती थी, इसलिए चुप रहती... उसे लगता उसके सारे इरादों पर माँ एक लाल बत्ती की तरह टिकी हुई हैं। इनके रहते उनसे मुक्त होना उसके बस की बात न थी।

अब अन्ततः जब सूनी वाकई सूनी रह गयी थी, उसने पाया एक-एक कर उसके सारे कुलीग शादी कर चुके थे। उसकी ज़्यादातर दोस्तियाँ परिवारों से थीं। वहाँ प्रेम या विवाह की गुंजाइश नहीं थी। सूनी विवाह को लेकर स्वयं सक्रिय होना हास्यास्पद मानती थी। पैंतीस की वह हो चुकी थी और अकेले जीने की काफी अभ्यस्त भी। ऐसे में कुछ बड़े ही दार्शनिक किस्म के प्रेम उसके व्यक्तित्व में विकसित होने लगे थे। जैसे किसी साल उसे लाइब्रेरी के एक ख़ास कोने से लगाव हो जाता और वह वहीं बैठकर पढ़ती। किसी साल कोई छात्रा उसे बेहद ज़हीन लगती और उस पर वह अपनी सारी शक्ति और समय ख़र्च कर पढ़ाती। किसी साल उसे घर के पास की कोई ख़ास सड़क अच्छी लगने लगती और तो और अपनी कॉलोनी में सामने के मकान का एक बेरोजगार नौजवान, जिसका नाम भी उसे मालूम नहीं था, उसे अच्छा लगने लगा था। वह रोज़ सुबह उसे अपने कमरे को ताला लगाकर फाइल हाथ में लेकर निकलते देखती और रोज़ शाम वापस आते भी। उसकी सुबह और शाम की चाल में काफी अन्तर होता। कई बार ऐसा हुआ कि जिस वक़्त सूनी लौटी उसी वक़्त नौजवान भी लौटा। सुनन्दा को अच्छा लगा। लेकिन ऐसे लम्हे बहुत थोड़े थे। अक्सर समय के विस्तार और व्यूह के आगे वह अपने को परास्त खड़ा देखा करती और सोचती इस निराकार शत्रु से वह कैसा सुलूक करे।

गर्मियों की छुट्टियों में सुनन्दा बाहर घूमने जाना चाहती थी पर कोई साथी नहीं मिल रहा था। उसकी उम्र की सभी महिलाएँ घर-गृहस्थीवाली थीं। उससे छोटी उम्र की कुलीग अपनी चुहल में उसे शरीक करने में संकोच करती थीं। मई में लाइब्रेरी खुली रही। सुनन्दा ग्यारह बजे तक लाइब्रेरी पहुँच जाती। कई पढ़ाकू किस्म के छात्र लाइब्रेरी आबाद किये रहते। कई छात्राएँ सुनन्दा को घेर लेतीं और वह उन्हीं के साथ कैण्टीन हो आती। पर जून आते-आते लाइब्रेरी में भी छुट्टियाँ हो गयीं। सुनन्दा की यह व्यस्तता भी अब समाप्त हो गयी। एक रात अपनी छोटी-सी रसोई में खाने के नाम पर मैगी पकाकर सुनन्दा कमरे में आयी तो उसने पाया उसके बिस्तर पर एक बड़ा-सा कत्थई रंग का कॉक्रोच आराम से बीचोंबीच पड़ा है। कॉक्रोच निश्चल था पर उसकी मूँछें सचल थीं। एक क्षण सूनी को हँसी आयी। उसके बिस्तर का यही हश्र होना था। एक अकेला बिस्तर, एक अकेला तकिया, एक अकेला कम्बल कितना मनहूस होता है। क्यों जी, क्या सुहागरात मनाने आये हो तुम? मन-ही-मन सूनी ने कहा। फिर बिस्तर देखते-देखते उसे रुलाई आ गयी। उसे लगा यह भद्दा कत्थई कीड़ा उसकी नियति है, उसका भविष्य, उसका वर्तमान। सुनन्दा ने अपने हाथ की प्लेट की तरफ देखा। मैगी उसे केंचुओं से भरी प्लेट लगी। वह घबराकर प्लेट रसोई में पटक आयी। कॉक्रोच और केंचुए, रात में यही जीव रह गये उसका साथ देने के लिए? उस रात बिना कुछ खाये देर तक सूनी बिस्तर पर पड़े-पड़े सोचती रही। इन्सान कब कैसे अपनी ज़िन्दगी का ग़लत नक्शा खींच लेता है, एक मडेल से निकलते हुए दूसरे मडेल में पड़ जाता है। उसके साथ भी यही हुआ था।

जब वह इण्टरमीडिएट में थी, वह नहीं जानती थी उसे क्या बनना है। तब पिता जिन्दा थे। भाई यूनिवर्सिटी में एम.कॉम. के फाइनल में था। माँ तब खुश और हँसमुख थी। सूनी हँसती-खिलखिलाती इण्टर पास कर गयी। उसकी प्रथम श्रेणी से प्रेरित हो पिता ने उसे शहर के सबसे अच्छे कॉलेज में बी.ए. में प्रवेश दिला दिया। यहाँ एक-से-एक बुलन्द हौसले और इरादेवाली लड़कियाँ थीं। किसी से पीछे न रहने की होड़ में सुनन्दा के हौसले भी बुलन्द हुए। उन दिनों उसे अपनी प्राध्यापिकाओं का जीवन बहुत आकर्षक लगता था। रोज़ उनका नयी कीमती साड़ियाँ पहनकर

क्लास में आना, अपनी वक्तृता से छात्रों को उद्वेलित करना और ख़ाली समय में स्टाफ रूम से उनके खिलखिलाने का स्वर, सब मिलाकर सुनन्दा के लिए एक स्वप्न-जाल की रचना करते। उसे लगता जीवन में अगर वह कुछ बनना चाहती है तो बस यही। इसी एक लक्ष्य की ओर वह बढ़ती गयी थी।

एम.ए. पूरा होते-होते उसके घर का नक्शा एकदम बदल गया। पिता यकायक हार्टअटैक में चल बसे और माँ को एक बदहवास तनाव में छोड़ गये। भाई उसी वर्ष इंग्लैण्ड के एक प्रतिष्ठान में नौकरी पाकर चला गया। सुनन्दा जीवन की समस्याओं के बीचोंबीच अकेली खड़ी रह गयी। पिता के चले जाने के बाद माँ की बच्चों से अपेक्षाएँ बहुत बढ़ गयी थीं। वे अपना अधिकतम भार सूनी पर डालकर भी अपने को हमेशा निरीह और निराश्रित दिखातीं। भाई घर की समस्याओं से बड़े आश्चर्यजनक ढंग से तटस्थ होता गया था, वह कभी-कभार ख़त भेजता और कभी-कभार पचीस-पचास पाउण्ड। इस सारे संघर्ष में भी सूनी ने किसी तरह रिसर्च पूरी की। माँ की भूमिका इस दौरान निगेटिव ही रही। उनके लिए अपना वर्तमान ही महत्त्वपूर्ण था, सूनी को वह अपनी नर्स या नौकरानी की तरह मानती थीं। कभी उन्होंने उसके सिर पर हाथ फेरकर नहीं पूछा, 'तुझे क्या चाहिए?' उनके प्यार का स्रोत ही मानो शुष्क हो गया था।

अब सुनन्दा को करवटों के बीच यह ख़्याल आ रहा था कि अवसर आने का भी एक मौसम होता है। उसके जीवन में एक महत्त्वपूर्ण मौका रिसर्च के दौरान आया था। उस वर्ष एम.ए. में एक लड़का आया था। गम्भीर शुक्ल। उन दोनों की पहचान लाइब्रेरी में ही फली-फूली और दोस्ती में बदल गयी। हालाँकि गम्भीर सूनी से डेढ़ साल छोटा था, इसका कोई फर्क उनकी दोस्ती पर नहीं पड़ा। काफी पास आ जाने के बाद एक दिन गम्भीर उसके घर आया। पहली मुलाकात में ही माँ ने उससे जैसा बर्ताव किया, वह मानो चौकन्ना हो गया। उसने बाद में सूनी से कहा, 'तुम्हारी माँ न्यूरॉटिक लगती हैं। इन्हें किसी क्लिनिक में क्यों नहीं डाल देतीं?' सुनन्दा को बहुत बुरा लगा था यह सुनना। यों वह ख़ुद माँ के रवैये से क्षुब्ध रहती लेकिन गम्भीर से ऐसा बेरहम कमेण्ट उसे बुरा लगा। उस एक दिन ने उनकी दोस्ती के शेष दिनों को जैसे पीछे खींच लिया।

अन्ततः एक बात ऐसी हो गयी जिसने हमेशा के लिए उन दोनों को विमुख कर दिया।

एक सेमिनार के सिलसिले में सुनन्दा और गम्भीर दोनों को इलाहाबाद विश्वविद्यालय जाना था। उन्होंने बड़ी मेहनत से अपने पेपर लिखे और साथ जाने की योजना बनायी। माँ को जब सुनन्दा ने बताया, पहले तो उन्होंने उसे हतोत्साहित किया, 'क्या करेगी इतनी दूर जाकर!' जब सुनन्दा नहीं मानी तो वे खुद साथ चलने को आमादा हो गयीं, 'तू अपनी मीटिंग करना, मैं संगम नहा लूँगी,' उन्होंने कहा।

इस अकाट्य सुझाव की कोई काट नहीं ढूँढ़ पायी सुनन्दा।

वह गम्भीर को भी खुलकर नहीं बता पायी कि माँ उसके साथ चलेंगी।

यात्रा की रात जब वह माँ को लेकर स्टेशन पहुँची, गम्भीर का चेहरा उन दोनों को देखकर बेहद तन गया। माँ का आरक्षण नहीं था। वे गम्भीर की बर्थ पर लेट गयीं। गम्भीर को अगले डिब्बे में जाना पड़ा। उसके चेहरे पर झुंझलाहट और खिंचाव था।

वापसी में उन तीनों का एक साथ ही आरक्षण था। माँ और गम्भीर के बीच अनकहा तनाव रहा। रात बीतने के बाद सुबह गाड़ी के रुकते ही माँ ने शोर मचा दिया, मेरे चार सौ रुपये कहाँ गये? बहुत ढूँढ़ा गया, ऊपर-नीचे यात्रियों से पूछा गया पर माँ को तसल्ली नहीं हुई। वे कहने लगीं, 'ज़रूर रात में किसी ने निकाल लिये, मैं तो ब्लाउज़ में रखकर सोयी थी।'

जब यह चख-चख चल रही थी गम्भीर ने इसमें कोई हिस्सा नहीं लिया और जल्द ही एक औपचारिक-सा नमस्कार कर चला गया। माँ ने स्कूटर पर घर लौटते वक़्त मुनादी कर दी, 'रुपये तेरे उसी छोकरे ने निकाले हैं बाकी तो सब शरीफ लग रहे थे। उसी को पता था बुढ़िया के पास रकम होगी।'

'तुम तो बस माँ ऐसा बतंगड़ बनाती हो, वह तुम्हारी चार सौ रुपल्ली का क्या करेगा? वह कोई चोर है?'

'तुझे क्या पता? अकेली औरत को सब लूटना चाहते हैं, मैं ऐसे लड़कों को अच्छी तरह जानती हूँ, कहीं तुझे फाँस लिया तो मुझे तो एक पंखिया थमाकर बाहर कर देगा।'

सुनन्दा को माँ के शक्कीपन पर बहुत गुस्सा आया। गम्भीर से अलग दरार पड़ गयी। अब उसकी कम्पनी में उसके चेहरे पर ऊब के लक्षण आने लगे। एक दिन उसने साफ कह दिया, 'मुझे बुद्धिजीवी लड़कियाँ नागवार लगती हैं, उनसे अगर साबुन की भी बात करो तो पहले उसकी हिस्ट्री बताने लगती हैं। ज़ीवन इतना बोर नहीं है जितना तुम इण्टेलेक्चुअल्स ने बनाया है।'

सुनन्दा आहत हुई और पीछे हट गयी। माँ ने चैन की साँस ली। बाद के वर्षों में वे रुपये खोनेवाली घटना को नमक-मिर्च लगाकर सुनाती रहीं। इसी तरह माँ ने हर अविवाहित मित्र के साथ सुलूक किया। उन्होंने अपनी सुरक्षा की फिक्र में सूनी के जीवन को अकेला कर डाला।

अब सुनन्दा को माँ याद नहीं आती थी। सम्बन्ध की ऊष्मा उनके व्यवहार ने सुखा डाली। जीवन में सभी सम्बन्धों के प्रति वह सशंकित रहने लगी।

जाड़े की धूप में कॉलेज के लॉन में बैठना बहुत प्रिय लगता था। सूनी अपनी सहकर्मी के संग बैठी थी। उसकी सहकर्मी बुनाई जैसे कार्यों में भी लगी थीं। तभी नीम के पेड़ से एक गिलहरी उतरी और ऊन में उलझकर पलट गयी। एक नन्हीं हलचल मची। सूनी ने बड़े प्यार से गिलहरी के पाँव ऊन से आज़ाद किये कि वह चपल गति से उड़न-छू हो गयी। सूनी को लगा उसने एक सार्थक काम किया। जीव-जन्तुओं के प्रति उसकी चेतना हमेशा सजग रही थी, अब वह और ज़्यादा हो गयी।

न मालूम वह वही गिलहरी थी या और, अब वह बरामदे तक में चक्कर काटने लगी थी। एक दिन सूनी ने उसे अपने आँचल में पकड़ लिया और सहलाया। फिर तो यह क्रम बन गया। अब जब सूनी लॉन में बैठती गिलहरी आकर उसके पैरों को गुदगुदा देती। कोई साथी प्राध्यापिका उसे देखते ही 'श' कह देती तो गिलहरी फौरन भाग खड़ी होती लेकिन सूनी को अकेले देखकर वह देर तक खेलती।

धीरे-धीरे सुनन्दा उसे घर लाने लगी। बड़े मज़े से उसके पर्स के सहारे लटककर वह रिक्शे में आ जाती। सुनन्दा के घर में अखरोट रहने लगे, एक कटोरी में चुग्गा, दूसरी में पानी, सूनी ने उसे नाम भी दे डाला—'कट्टो'। कट्टो अपनी झबरी दुम उठाकर जैसे पिछवाड़े से आदाब फरमःती।

जीवन का एक स्पन्दन था जो घर में झंकृत होने लगा था। दिलचस्पी की एक हलकी शुरुआत। पड़ोस के फ़्लैट के बच्चे कभी-कभी झाँकने आते, 'सूनी दीदी, अपनी कट्टो दिखा दो।' एक टोकरी में मुलायम-सी गद्दी रखकर सूनी ने कट्टो का बिस्तर बना दिया था। अब कट्टो रात में बाहर नहीं भागती, अपनी टोकरी में सो जाती; सुबह जैसे ही सूनी नहाकर कॉलेज के लिए तैयार होती, वह पर्स पकड़कर लटक जाती। बरसात में पेड़ों के नीचे कट्टो कुकुरमुत्तों की तलाश में भागती रहती। लगता तो ऐसा था उसे सूनी का टाइमटेबिल याद है। छुट्टी की घण्टी बजते ही वह स्टाफरूम में दौड़ी आती और सूनी के पर्स के सहारे लटक जाती। सहेलियों के मज़ाक करने पर सूनी ने स्वयं कट्टो को नया नाम दे दिया था—जीवनसाथी। शादी और परिवार से अघायी अधेड़ लेक्चरर कहतीं, 'यह तुमने अच्छा जीवनसाथी ढूँढ़ निकाला, न कोई झंझट न कोई बन्धन।'

सूनी कट्टो में ही क्यों, जीव-मात्र में मानो विश्व का कोमल रूप देखती थी। पहले के वर्षों की उग्रता अब तक सौम्यता में परिमार्जित हो गयी थी। वह अपना हृदय करुणा से भरा महसूस करती। माली जिस तरह एक-एक पौधे को सींचता, पोसता, वह ध्यान से देखती और सोचती, ज़रूरी नहीं कि मनुष्य सिर्फ अपने बच्चे को पालकर बड़ा करे। पेड़-पौधे, फूल-फल किसी को भी पाला-पोसा जा सकता है। उनके बड़े होने पर कम खुशी नहीं होती।

रविवार की दोपहर सूनी ने एक अच्छी कन्नड़ फिल्म देखी, उसके बाद उसी फिल्म की मूलकथा 'घटश्राद्ध' पढ़ते-पढ़ते वह अलसा गयी। कट्टो भी कहीं गमलों के बीच में दुबकी पड़ी थी। जब सूनी की आँख खुली, शाम पूरी तरह झुक गयी थी। कमरे में हलका अँधेरा था। बिजली जलायी, चाय बनायी और थोड़ी-सी चाय एक तश्तरी में डाल कट्टो के लिए ठण्डी करने रख दी, तभी सुनन्दा की नज़र अपने बिस्तर पर गयी।

'आह!' उसकी चीख़ निकल गयी। बिस्तर पर कट्टो बेजान पड़ी थी। सूनी ने उसे उलटा-पुलटा। उसकी झबरी दुम बिलकुल लुंज हो चुकी थी, आँखें छोटी रत्तियों की तरह निस्पन्द थीं। सूनी ने साड़ी का पल्लू देखा, उस पर हमेशा की तरह कट्टो के रोयें चिपके थे। उसकी समझ में काफी कुछ आ गया। उसे सोता देख कट्टो ज़रूर उसके पास सरक आयी होगी। कुछ देर खेलकर वह वहीं सटकर सोयी होगी। सूनी की करवट में उसकी कोमल गर्दन दब गयी होगी। नन्हीं-सी जान निकलते देर क्या लगी होगी? सुनन्दा फूट-फूटकर रोयी। उसे लगा उससे शिशु-हत्या हो गयी है। कमरा मनहूस हो उठा। बहुत देर तक वह निश्चल बैठी रही। नीचे के फ़्लैट से काम करने के बाद उसकी नौकरानी शीला कमरे में आयी तो उसने पाया सूनी एक सफेद रुमाल में कट्टो को लपेट रही है।

'मर गयी आपकी कट्टो!' शीला ने कहा। एक आघात की तरह लगा शब्द 'मरना'।

'मैंने ऐसा जान-बूझकर नहीं किया। यह अपने-आप दब गयी, मुझे सच कोई होश नहीं था,' सूनी बार-बार अपना आँचल झाड़ रही थी।

'नहीं दीदी, आप क्यों मारती इसे? चलिये इसे नीचे मिट्टी में दबा दें।' वे दोनों उस सफेद रुमाल को थामकर नीचे आयीं। सामने तिकोने पार्क में दो पेड़ थे। अँधेरा हो चुका था। शीला ने एक छोटा-सा गड्ढा बनाया, पतला, एक फुट के करीब और उथला। सूनी ने झुककर उसे कुछ गहरा किया, आहिस्ते से उसने रुमाल समेत गिलहरी को गड्ढे में लिटा दिया। एक क्षण जैसे वह प्रार्थना में झुकी रही। शीला ने धीरे से गड्ढा मिट्टी से ढक दिया।

पता नहीं, यह सुनन्दा की कल्पना थी या सच, दूर कहीं शोक धुन-सी बजती सुनायी दे रही थी। ऊपर जाते हुए उसे लग रहा था वह वाकई एक शवयात्रा से लौट रही है। आज वह सचमुच सूनी थी।

●●●

बगिया

पहले उसे झींकने की इतनी आदत नहीं थी। अच्छा-ख़ासा खुशमिज़ाज़ शौहर और बाप था वह। बच्चे ऐन सिर पर शोर करते तब भी वह गुस्सा न करता। बीवी की हर बात को ग़ौर से सुनता था। लेकिन जैसे-जैसे परेशानियाँ बढ़ीं, उसकी खुशमिज़ाज़ी घटती गयी।

कई छोटी-मोटी अस्थायी नौकरियों के लगने और छूटने के बाद पिछले सात साल से कुन्दन इस कपड़े के विशाल स्टोर में नौकरी कर रहा था। शुरू में उसका काम बस इतना था कि डिलीवरी काउण्टर पर खड़े रहो और ग्राहकों को कैशमेमो दिखाने पर उनका सामान पकड़ा दो। लेकिन बाद में एक-दो सेल्समैन के चले जाने से बिक्री में दिक्कत पैदा होने लगी तो उसके मालिक सेठ हीरालाल ने उसे सेल्समैन की हैसियत से सूटिंग-शर्टिंग के काउण्टर की ज़िम्मेदारी दे दी। शुरू-शुरू में उसे अच्छा लगा। इस काम में एकरसता नहीं थी। हर बार काउण्टर पर नया ग्राहक आता, हर ग्राहक की अलग और मौलिक पसन्द होती। नये कपड़े का थान खोलने और दिखाने, नापने और काटने की अपनी उत्तेजना थी। विशाल स्टोर में सबसे ज़्यादा बिक्री इसी काउण्टर पर होने लगी।

विशाल स्टोर वास्तव में विशाल था। सेठ हीरालाल की निजी इमारत के निचले हिस्से का पूरा एक भाग इस स्टोर ने ले रखा था। सिर्फ साड़ियों के छह काउण्टर थे, क्योंकि सूती, रेशमी, सिन्थेटिक साड़ियाँ अलग-अलग काउण्टर पर मिलती थीं। एक हिस्से में सिर्फ परदे और कालीन की बिक्री होती। सेठ हीरालाल नाटे, मोटे, प्रौढ़ आदमी थे, जो हरदम पान चबाते और बैठी आवाज़ में किसी-न-किसी कर्मचारी को टोकते रहते। वे दुकान

में हमेशा मौजूद रहते। कई बार तो बैठे-बैठे उनकी टाँग सो जाती और वह उसे मलने लगते। उनका छोटा भाई अपेक्षाकृत कुछ नरम स्वभाव का था। वह भी दुकान का हिसाब-किताब देखता; लेकिन अपने बड़े भाई की तरह हर वक़्त कर्मचारियों के सिर पर सवार नहीं रहता। सेठ हीरालाल तो हमेशा हिदायत देते रहते और चौकन्नी नज़र से हर काउण्टर के कार्यकलाप को घूरते रहते। हर समय प्रसन्न दिखनेवाले कर्मचारियों को वे शक की निगाह से देखते और उन्हें बेवजह टोक देते।

कुन्दन बहुत जल्द अपने काम में मुस्तैद हो गया था। उसे यह भी अभिमान था कि वह स्टोर के सबसे व्यस्त काउण्टर पर तैनात है। लेकिन उसके साथी कर्मचारी उससे जलने लगे। हालाँकि उन सबको समान वेतन मिलता था, फिर भी उनमें मालिक से प्रशंसा पाने की बेवजह प्रतियोगिता बनी रहती। कुन्दन के ख़िलाफ स्टोर में एक माहौल तैयार होता गया। एक सुबह जब वह रोज़ की तरह ख़ुश-ख़ुश अपने काउण्टर पर आकर खड़ा हुआ, सेठ हीरालाल ने अपनी जगह पर बैठे-बैठे, बैठे गले से कहा, 'कुन्दन, तुम आज से हिसाब मिलाने में मुनीम जी की मदद किया करोगे, इस काउण्टर पर अब बद्री काम करेगा।'

कुन्दन हक्का-बक्का रह गया। उसे अपने काउण्टर से लगाव-सा हो गया था। उसने पूछा, 'क्यों सेठ जी?'

सेठ हीरालाल भड़क गये, 'क्यो-क्यों न करो। बस, मैंने कह दिया, नहीं करवाना तुमसे इस काउण्टर का काम। तुम कपड़ा ज़्यादा नापते हो, कम बताते हो। कोई चार आने मीटर का कपड़ा तो है नहीं जो तुम्हें मनमानी करने दें। तुम तो हमें बेच खाओगे।'

'लेकिन सेठ जी, यह एकदम झूठ है। मैंने आज तक ज़्यादा कपड़ा नहीं नापा, आप ख़ुद जाँच सकते हैं।'

'मेरी तो आँखों में मीटर लगा है कुन्दन लाल। काम करना है तो होश में करो।'

कुन्दन ने देखा, बद्री मुस्कराता हुआ हिसाब की मेज़ से अपना झोला उठाकर उसके काउण्टर की तरफ बढ़ रहा था।

उस शाम पहली बार कुन्दन ने घर पर छोटी-सी ग़लती के लिए अपने बच्चे को पीटा। जब पत्नी बेटे को बचाने दौड़ी तो कुन्दन उस पर भी

बरस पड़ा। यह एक नयी बात थी। परिवार हैरान हो गया। उसकी आठ साल की लड़की गुड़िया बोली, 'लगता है, पापा का किसी से झगड़ा हो गया है।' कुन्दन फिर भी नहीं खुला, बस अन्दर-अन्दर धधकता रहा।

मुनीम जी के साथ बैठकर सारे दिन लम्बा-चौड़ा हिसाब लिखना और मिलाना शुरू में उसे एकदम नागवार लगा। पर यह भी एक चौखटा था, जिसमें कुन्दन को फिट बैठना ही था। इसके अलावा कोई चारा भी न था। जल्दी ही कुन्दन ने लम्बे-लम्बे जोड़ करना, बाकी करना और प्रतिशत निकालना सीख लिया। मुनीम जी ने उसे रोकड़ पुस्तक लिखना सिखाया। अब कुन्दन को यह काम उतना नागवार नहीं लगता था, जितना पहले। उसे मालूम हुआ कि इन्सान के आपसी व्यवहार से परे भी एक दुनिया होती है—हिसाब की दुनिया, जिसमें गिनती और गिनती का जोड़ ही सबसे बड़ी चीज़ होती है। इसी गणित के लिए इन्सान सारा दिन खटता है और अपने बूते के बाहर मरता-खपता है।

दुकान का हिसाब सीखने के बाद कुन्दन ने अपने घर के हिसाब पर भी ध्यान दिया। उसने एक अलग रजिस्टर बनाया जिसमें रोज़ हुए ख़र्च का हिसाब लिखने लगा। पहले वह घरवालों की नज़र बचाकर यह काम करता था। जल्द ही उसने यह संकोच छोड़ दिया और खाली वक़्त में बैठा सिर्फ हिसाब मिलाता रहता। उसके बच्चे और पत्नी मिलकर कैरम खेलते या लूडो, पर वह उनके लाख कहने पर भी साथ न खेलता। अपना आय-व्यय का रजिस्टर बग़ल में दबाकर वह दूसरे कमरे में चला जाता। पप्पू और गुड़िया ने इस रजिस्टर को पापा की पोथी कहना शुरू कर दिया। जब रसोई से पत्नी पूछती, 'पप्पू, पापा क्या कर रहे हैं?' पप्पू कहता, 'पापा पोथी बाँच रहे हैं।'

सभी हिसाबी लोगों की भाँति कुन्दन को भी पक्का यकीन था कि हिसाब लिखने से ख़र्च में कटौती की जा सकती है। इससे पहले कुन्दन घर ख़र्च में कभी दखलन्दाज़ी नहीं करता था। अब उसने बात-बात पर पत्नी को टोकना शुरू कर दिया, 'ये रोज़-रोज़ अण्डे क्यों मँगाये जाते हैं?'

—क्या पराठे का नाश्ता नहीं कर सकते बच्चे?

—तुमने तेल पर दो सौ रुपये कैसे ख़र्च कर डाले?

—साबुन पर पचीस रुपये से ज़्यादा ख़र्च नहीं होना चाहिए।

पत्नी परेशान हो गयी। वह ख़ुद कभी फिजूलख़र्ची नहीं करती थी, फिर भी कुन्दन हर वक़्त उसे टोकता। यह तो वह जानती थी कि चीज़ें दिनोंदिन महँगी होती जा रही हैं और आमदनी उस रफ़्तार से नहीं बढ़ रही, पर यह हर पल का हिसाबीपन उसकी बर्दाश्त से बाहर था। पप्पू और गुड़िया दोनों स्कूल जाते थे। उनके दस ख़र्च थे। हालाँकि दोनों बच्चे बेहद सीधे और समझदार थे, उनकी पढ़ाई सम्बन्धी ज़रूरतें तो पूरी करनी ही होतीं। पत्नी कोशिश में रहती कि कुन्दन को इन ज़रूरतों का कम-से-कम पता चले।

पप्पू और गुड़िया के स्कूल में अक्टूबर-नवम्बर के महीनों में कई जलसे और सांस्कृतिक कार्यक्रम रखे जाते। दोनों बच्चे पढ़ाई में तेज़ होने के साथ-साथ अन्य कार्यक्रमों में भी भाग लेते। टीचर ने दोनों बच्चों को समूह-गान कार्यक्रम के लिए चुना और प्रिन्सिपल ने ताकीद की कि जितने बच्चे समूह-गान के लिए चुने गये हैं वे सब बालदिवस पर नये सफेद कपड़ों में स्कूल आयें। पप्पू और गुड़िया ने जोश में थिरकते हुए घर पर बताया :

—ममी हमें नयी सफेद फ्राक चाहिए, मिस ने कहा है।

—और मुझे नयी निकर कमीज़।

'पुराने कपड़े धो देने से काम नहीं चलेगा?' माँ ने कहा।

'नहीं माँ, फिर मिस ने कहा है कि ये कपड़े ख़राब नहीं जायेंगे, हमीं लोगों के काम आयेंगे बाद में।'

'वह तो ठीक है, पर कपड़ा?'

'ओफ्फोह ममी, पापा शहर के सबसे बड़े कपड़े के स्टोर पर काम करते हैं और तुम्हीं हमारे लिये ऐसे कह रही हो।'

बच्चों की ग़ैरहाज़िरी में पत्नी ने कुन्दन से ज़िक्र किया। कुन्दन एकदम बिगड़ गया, 'स्टोर में क्या मुफ़्त मिलता है कपड़ा। तनख़ाह में से कटेंगे दाम। कोई ज़रूरत नहीं है गाना-वाना गाने की।'

पत्नी पहले से ही जानती थी कि कुन्दन यही जवाब देगा। उसे ज़्यादा हैरानी नहीं हुई, उसे सिर्फ दुःख हुआ कि हिसाब-किताब ने एक अच्छे-भले इन्सान को पुर्ज़ा बनाकर रख दिया।

ऐसे संकट में पत्नी का मनोबल बेहद बढ़ जाता था। उसने तय कर लिया कि बच्चों के जोश पर पानी नहीं फेरेगी। उसने पैसा-पैसा जोड़कर सौ रुपये बचाये हुए थे। बिना पति को बताये वह बाज़ार जाकर कपड़ा ले आयी और रातों को जाग-जागकर उसने आख़िरकार कपड़े तैयार कर ही लिये। जब वह पप्पू की निकर में बटन लगाकर उठी, उस वक़्त घड़ी रात के दो बजा रही थी।

सुबह बड़े मनोयोग से उसने दोनों बच्चों को नये कपड़ों में तैयार किया। बच्चे आज उत्साह से उछल रहे थे। वे अपने पापा के सामने जाकर बोले, 'देखिये पापा, जो कपड़ा आपने लाकर दिया, ममी ने उससे कैसा जादू कर डाला।'

कुन्दन उस वक़्त रजिस्टर में हिसाब मिला रहा था। त्योरी चढ़ाकर उसने कहा, 'कैसा कपड़ा?'

पत्नी ने हँसते हुए कहा, 'तुम न लाओगे तो क्या कपड़ा बाज़ार में भी न मिलेगा। यह सब मेरा काम है। तुम्हारे हिसाब-किताब से इसका कोई ताल्लुक नहीं है।'

'कैसे नहीं है?' कुन्दन बोला, 'यही पैसा अगर जमा किया जाता तो....?'

'तो ये बच्चे आज इतने खुश कैसे होते। देख रहे हो, दोनों पर नये कपड़े कैसे खिल रहे हैं, जैसे फूल।'

कुन्दन ने इस बार भरपूर आँख से बच्चों की ओर देखा। उसे लगा, सिर्फ फूल ही क्यों, पूरी बगिया ही हँस रही है, एक वही रोनी शक्ल बनाये जोड़-बाकी में लगा है। उसने हिसाब का रजिस्टर एक तरफ पटक दिया और बच्चों की तरफ हाथ बढ़ाकर बोला, 'इधर आकर पापा से प्यार तो कर लो एक बार।'

●●●

छोटे गुरू

शहर में छोटे-बड़े मिलाकर बीस-पचीस गुरू थे हालाँकि शिष्य एक भी नज़र नहीं आता था। कृपालु गुरू, भजमन गुरू, आदि गुरू, अनादि गुरू, छोटे गुरू वग़ैरह-वग़ैरह। इन्हें गुरू का ख़िताब कब, किसने दिया, शहर को यह याद नहीं। नये-नये आनेवाले यही अनुमान लगाते कि अपने ज़माने के ये धुरन्धर पहलवान रहे होंगे। अखाड़े में किसी प्रतिद्वन्द्वी को पछाड़ा होगा और हमेशा के लिए गुरू बन गये या किसी आश्रम टाइप विद्यालय के अध्यापक रहे होंगे। नौकरी छोड़ दी पर नाम चिपका रह गया। किसी ने इन्हें पहलवानी या अध्यापकी करते नहीं देखा लेकिन इस इतिहास के सर्वेक्षण की हिम्मत किसी में नहीं थी। हर एक गुरू की अपनी ख़ासियत थी। कृपालु गुरू का शहर के सारे सिनेमाघरों पर दबदबा था। उनके आदमी ही ये थियेटर संचालित करते थे। सिनेमाघर के साइकिल अड्डे भी उन्हीं के अधीन थे। पुलिस को महीना, प्रशासन को फ्री-पास और फिल्म के पोस्टर सम्बन्धी फैसले कृपालु गुरू के आदमी करते।

आदि गुरू का अड्डा दारागंज का नागवासुकि मन्दिर था जहाँ वे रोज़ शाम चार बजे के बाद बूटी छानते हुए देखे जाते। उनके भक्त-समुदाय में चौबे-दुबे की भरमार थी।

शहर के मन्दिरों पर इनका एक-छत्र राज्य था। इनके अड्डे पर कोई फोन नहीं था फिर भी इन्हें हर मन्दिर की राई-रत्ती ख़बर रहती—कहाँ अगले हफ़्ते चोरी होनेवाली है तो कहाँ अखण्ड पाठ; किस मन्दिर पर कितना चढ़ावा आता है, किस मन्दिर का पुजारी कितना गुणी या कितना ऐबी है। भजमन गुरू का भजन-पूजा से कोई नाता नहीं था। देशी शराब

की हौलियों पर इनकी बड़ी इज़्ज़त थी। बड़े-से-बड़ा झगड़ा उनके आ जाने से तुरत-फुरत सुलट जाता। उनके समर्थकों को भी नहीं पता था कि भजमन गुरू का गुज़ारा कैसे चलता है क्योंकि कभी किसी ने उन्हें रुपये-पैसे को हाथ लगाते नहीं देखा।

इन सबसे अलग और अनोखे थे छोटे गुरू। न तो उनका कोई अड्डा था, न तिलिस्म। अन्य गुरुओं की तरह ये धोती या तहमद नहीं पहनते थे। इनके ऊपर नेताओं की पोशाक ख़ूब फबती थी। जब छोटे गुरू जैकेट और टोपी भी पहन लेते एकदम मन्त्री दिखायी देते। जीवन में उन्हें सिर्फ एक लगन थी—महिला जाति का कल्याण। इसके लिए वे दिन-रात एक किये रहते। धीरे-धीरे इस क्षेत्र में उनकी इतनी ख्याति फैल गयी कि उनके दरवाज़े पर लुटी-पिटी, दीन-दुःखी स्त्रियों की हमेशा भीड़ लगी रहती। पति से मनमुटाव हो या सास से कलह, स्कूल की प्रधानाचार्य से टकराव हो या दफ़्तर से छँटनी, महिलाओं से जुड़े हर सवाल की सुनवायी छोटे गुरू के यहाँ थी। वे ध्यान से पूरी बात सुनते, पता नोट करते और अगले दिन उस ठिकाने जा धमकते। फरियादी की आधी समस्या तो इसी बात से हल हो जाती कि छोटे गुरू ने उस मामले में दिलचस्पी दिखायी। बाकी मामले का धीरे-धीरे निपटारा होता रहता।

छोटे गुरू का पारिवारिक जीवन सुखी नहीं था कि उसकी कोई शक्ल नहीं थी, दोनों ही बातें सच थीं। छोटी उम्र में माँ-बाप दोनों को एक-एक कर खो देने के बाद छोटे गुरू का संघर्ष बहुत अधिक बढ़ गया। अध्यापकों के घर पानी भरने जैसे कामों के ज़रिये उन्होंने मैट्रिक तक पढ़ाई की। कई तरह के कामों में असफल होने के बाद उनका मन नौकरी और व्यापार दोनों से उचट गया और उन्होंने अपना सारा वक़्त समाज-सेवा को देने का निश्चय कर लिया। अनवरत सेवा का नतीजा यह हुआ कि इसी कार्य से उनकी दो वक़्त की रोटी निकलने लगी। परिस्थितियों ने उन्हें सर्वहारा वैसे ही बना रखा था, उन्होंने थोड़े को बहुत समझा।

उनकी ज़िन्दगी अच्छी-ख़ासी चलती रहती अगर पिछले दिनों उन्होंने एक दुःखी महिला से हमदर्दी का इज़हार न किया होता। रेखा गुप्ता नाम की इस महिला का दर्द यह था कि सन् 1980 में इसका विवाह मेरठ निवासी शिवकुमार गुप्ता से हुआ जो कैनेडा के एक स्कूल 'सेण्ट माइकेल'

में शिक्षक था। सात समुद्र पार कर वह शादी करने आया और दस दिन रेखा के साथ बिताकर वापस चला गया। पत्नी को आश्वासन दे गया कि जल्द उसे बुला लेगा। इस बात को दस साल गुज़र गये, उसने अपनी पत्नी की कोई खोज-ख़बर नहीं ली। साल भर के अन्दर सास-ससुर ने उसे धक्के देकर बाहर कर दिया। अन्याय और अपमान के दोहरे आक्रमण से रेखा वास्तव में रेखा-जैसी क्षीण और व्यक्तित्वहीन हो चली।

इतने वर्ष उसने अपने माता-पिता के साथ काट लिये किन्तु अब वह एक स्थायी नौकरी चाहती थी जिसके सहारे शेष जीवन कट सके।

वह छोटे गुरू के यहाँ एक दिन गयी, दो दिन गयी और फिर अक्सर जाने लगी।

ऐसी ही एक अँधियारी शाम जब वह आयी, पानी मूसलाधार बरस रहा था। रेखा के पास छाता भी नहीं था। छोटे गुरू ने डाँटा, 'घर से निकलते बखत बादल नहीं दिखा था?'

रेखा ने परेशानी से आसमान की तरफ देखा और साँस खींची, 'जौन मनई के भगवान् भी ख़िलाफ हो जायें, उसके लिए क्या आँधी और क्या पानी!' वह वहीं बरामदे में पड़े तख़्त पर एक किनारे बैठ गयी।

छोटे गुरू कुछ देर असमंजस में दरवाज़े बीच खड़े रहे। फिर उन्होंने कहा, 'जैसे ही पानी धीमा हो, चली जाना।'

अन्दर आकर उन्होंने किवाड़ बन्द कर लिये। छोटे गुरू स्वपाकी थे। इस वक़्त वे अपने हाथ से अपने लिये भोजन बनाते थे। कभी काम ज़्यादा होता तो वे भोजन के बाद रात ही में अर्ज़ियाँ बाँच लेते। कई बार अर्ज़ियों का काम सवेरे अख़बार पढ़ने के बाद करते।

छोटे गुरू ने धीमे-धीमे सब काम निपटाये। लेकिन जब उन्होंने सोचा लाओ अर्ज़ियाँ भी देख डालें, यकायक बिजली चली गयी। घर में घुप्प अँधेरा और लालटेन में तेल नदारद। छोटे गुरू ने माचिस और पैसे कुर्ते की जेब में डाले और बुझी लालटेन हाथ में थामे बाहर निकले कि बग़ल की दुकान से उसमें तेल भरवा लें। बारिश अब तक बन्द हो चुकी थी लेकिन गली से अभी पानी नहीं उतरा था। छोटे गुरू ने बग़ल की दुकानवाले सैफी को आवाज़ दी, 'सैफी भाई जरा लालटेन भर दो आकर।'

जलती लालटेन लेकर जब वे मुड़े तो यकायक चौंक गये। सैफी, जो अपना तेलवाला पउआ सँभालकर ले जानेवाला था, एक मिनट को ठिठक गया।

तख़्त पर रेखा सिमटी-सिकुड़ी सोयी पड़ी थी।

हड़बड़ाकर छोटे गुरू ने आवाज़ दी, 'अरे क्या नाम है तुम्हारा? उठो और अपने घर जाओ। बरखा थम गयी है।' फिर वे सैफी से बोले, 'कोई अर्ज़ी देने आयी थी, यहीं औंधाई लग गयी।'

रेखा हड़बड़ाकर उठ बैठी और बैठते ही खड़ी हो गयी, 'क्या बजा है?' उसने पूछा।

छोटे गुरू अन्दर गये घड़ी देखने। पौने दस बजे थे। उन्होंने बरामदे में आकर बताया।

'आज तो अम्माँ हमें मार डालेगी। अब हम घर कैसे जायें?' रेखा ने काँपती आवाज़ में कहा।

'तो हम का करें। देख के औंघियाना चाही। ये नहीं कि जहाँ मर्ज़ी पसर गये', छोटे गुरू ने डाँटा।

रेखा के शरीर से पसीने की नमकीन गन्ध छोटे गुरू तक आ रही थी। वे घबराकर परे खड़े हो गये और मन-ही-मन हनुमान चालीसा पलटने लगे।

रेखा तख़्त पर धम्म से बैठ गयी, 'छोटे गुरू आप ही बतायें हम का करें, कहाँ जायें। अभी तक तो कामौ नहीं रहा, अब ठिकानौ भी उठ जाई।'

'हम तो तुम्हारी मुश्किल निपटा रहे थे। मिशन स्कूल की बड़ी गुरू जी से कइयों चक्कर तुम्हारी नौकरी बदे मिले। पर तुम तो हमैई मुश्किल में फँसा रही हो। हटो हमारे दरवाज़े पर से।'

रेखा ने कातर नज़र से उनकी ओर देखा। छोटे गुरू दरवाज़े की तरफ मुड़ चुके थे।

उसे माँ का चिन्ताग्रस्त चेहरा याद आने लगा। पिछले साल उसके पिता बिना इलाज़ के कमज़ोरी जैसी अस्पष्ट तकलीफ से चल बसे थे।

तब से माँ-बेटी एक-दूसरे की पतवार बने हुए थे। काम और कमायी दोनों का अभाव उनका मनोबल तोड़ रहा था। एक दूर जाये तो दूसरे को भय, आशंका और विमूढ़ता हो जाती। किसी भी तरह उसका घर पहुँचना निहायत ज़रूरी था। ग़ली में पानी भरा था। जो इक्का-दुक्का लोग वहाँ से गुज़र रहे थे उनकी पैण्ट घुटने-घुटने तक गीली थी। रात के अँधेरे ने गली को रहस्यमय बना दिया था।

रेखा ने निरुपाय संकल्प किया। उसने साड़ी का आँचल कमर में खोंसा, चप्पलें एक हाथ में उठायीं और साड़ी की पटली दूसरे हाथ से ऊँची की। वह निपट अँधेरे में घुटना-डुबान पानी में उतर गयी।

छोटे गुरू कमरे की चौखट से लगे-लगे उसे जाते देखते रहे। तभी बिजली आ गयी। लालटेन बुझाते हुए उन्हें सन्तोष हुआ कि रेखा कम-से-कम सड़क के अँधेरे से तो बच जायेगी। पर जल्दी ही उन्हें दूसरी चिन्ता ने आ घेरा। क्या वह सन्नाटे से बच पायेगी? उन्हें लगा कि उनसे भारी भूल हुई, वे रेखा के साथ उसके घर तक जा सकते थे। उसकी माँ को बता सकते थे कि बारिश के कारण रेखा उनके यहाँ फँस गयी थी।

उस दिन अर्ज़ियाँ पढ़ने में उनका मन न लगा। बिजली बन्द कर अपने तख़्त पर लेटे, पर नींद नहीं आयी। उन्हें रेखा के पसीने की गन्ध लौट-लौटकर आ रही थी। वे मन-ही-मन, करवट-करवट अपने को समझा रहे थे 'छोटे गुरू धीरज धरो। तुम्हारे नाम को बट्टा लग जायेगा। उसे रोकते तो सुबह तक बदनाम हो जाते। शहर के लोग थुड़ी-थुड़ी करते।'

छोटे गुरू ने अपने को कामों में झोंक दिया। एक दिन यकायक मिशन स्कूल की बड़ी बहन जी ने उनसे कहा, 'छोटे गुरू कोई अच्छी-सी टीचर बताइये जो टिककर आठ घण्टे पढ़ाई करवाये। आजकल की लड़कियाँ नौकरी लपकने के लिए तो बड़े हाथ-पैर मारती हैं, मिल जाने पर इनकी लियाकत को लकवा मार जाता है।' छोटे गुरू को यकायक रेखा गुप्ता का ध्यान आया। वे उसी शाम हमाम गली में 198 नम्बर मकान ढूँढ़ते हुए पहुँचे।

उनके एकाकी जीवन में विवाह का योग शायद ऐसे ही लिखा था। रेखा गुप्ता की माँ ने उन्हें एकदम से घेर लिया। उनके उद्गारों से छोटे

गुरू को पता चला कि उस रात रेखा का देर से आना मोहल्ले में अभी तक टीका-टिप्पणी का विषय बना हुआ है। छोटे गुरू के सच्चरित्र पर माँ को सन्देह नहीं पर धर्म की बात है। जिसके कारण रेखा की बदनामी हो रही है, वही उसे ब्याह ले जाये। पहली शादी की छूटमछूट हो चुकी है। अपनी ब्याहता से फिर छोटे गुरू नौकरी करवायें या चाकरी, वे जानें उनका काम जाने। छोटे गुरू ने लाख दलील रखी, रेखा की माँ सब काटती गयी। रेखा ऊपर के कमरे में थी, उसे नीचे बुलाकर समझा दिया गया कि छोटे गुरू नौकरी का ठिकाना लेकर आये हैं इनकी ख़ातिरदारी करो।

उस रात छोटे गुरू ने कई साल बाद, औरत के हाथ की सिंकी रोटी का स्वाद पाया। घर को लौटे तो लगा तबीयत पर नशा छा रहा है।

मिशन स्कूल में रेखा गुप्ता को नौकरी मिल गयी। अब तक माँ से उसे भनक मिल चुकी थी कि माँ ने छोटे गुरू से उसके पुनर्विवाह की बात चलायी थी। उसे अचरज हुआ कि माँ ने विपत्ति में से विकल्प की राह ढूँढ़ निकाली। प्रस्ताव विचित्र था पर विसंगत नहीं। इसमें सबसे बड़ा आश्वासन सुरक्षा का था।

रेखा के जीवन में बीस साल बाद बसन्त-बहार आयी। हालाँकि बहुत-कुछ बदला नहीं जा सकता था, कोशिश की जा सकती थी। जैसे दुःख, निराशा और चिन्ता में कनपटी पर बाल सफेद हो गये थे। उन पर सिर्फ मेंहदी लगायी जा सकती थी, उन्हें वापस काला नहीं किया जा सकता था। रात-बिरात रोते रहने से आँखों के नीचे गड्ढे पड़ गये थे, उन्हें कुछ देर के लिए पाउडर से ढका जा सकता था। इस सबसे ऊपर एक और चेतना थी। इतनी आकस्मिकता से मिले सुख-सुहाग ने उसे सुरक्षा के साथ नये असुरक्षा-भाव से भी भर दिया।

छोटे गुरू हमेशा की तरह, अब भी सारा दिन समस्याग्रस्त स्त्रियों से घिरे रहते। इस क्रम में कोई व्यतिक्रम नहीं आया था। रेखा ने कई बार स्त्रियों को उनके सम्मुख रोते, सिसकते भी देखा। 11 से 5 बजे शाम तक छोटे गुरू कार्यक्षेत्र में रहते। रेखा स्कूल से चार बजे घर आ जाती। वह महिलाओं की अर्ज़ियाँ लेने के बहाने उनसे गुपचुप वार्ता करती, 'वैसे तुम काग़ज़ दे जाओ पर छोटे गुरू ने यह काम बन्द कर दिया है। दरअसल है तो यह नेक काम पर इसमें बदनामी बहुत है।'

दुःखी स्त्रियाँ अफसोस से कहतीं, 'ऐसी तो कोई बदनामी की बात नहीं है और फिर अब छोटे गुरू गृहस्थीवाले भी हो गये।'

रेखा कहती 'वे कहते हैं बहुत कर लिया मैंने स्त्री-विमर्श। अब कोई कायदे का काम करूँगा जो फायदे का भी हो।' महिलाएँ जितनी दुःखी आतीं उससे कहीं ज़्यादा दुःखी होकर लौट जातीं। वे आपस में कहतीं, 'जब छोटे गुरू का इस कामे से जी भर गया तो क्या किया जाये।'

छोटे गुरू को कानोंकान ख़बर नहीं हुई और उनकी फाइल में अर्ज़ियाँ आनी कम होती गयीं।

फिलहाल छोटे गुरू फिर बेरोज़गार हैं।

●●●

परदेसी

अजब परिवार है हमारा, तीन भाई-बहन तीन देशों में बसे हैं। सब एक-दूसरे के लिए तरसते हैं, जब हुड़क तेज़ उठती है तो एक-दूसरे को लम्बे-लम्बे फोन कर लेते हैं, प्यार-भरे कार्ड भेजते हैं, अगले साल मिलने का वादा करते हैं, कुछ दिनों को जी ठहरता है।

पहले सब इकट्ठा रहते थे। लखपत कोट का वह बड़ा मकान भी छोटा पड़ जाता। वहीं शादियाँ हुईं। वहीं नौकरी लगी। बड़े भाई केन्द्रीय विद्यालय में शिक्षक नियुक्त हुए। बहन ट्रेनिंग कॉलेज में प्रशिक्षक, नीरद कपूरथला कॉलेज में लेक्चरर हो गया।

भाई अख़बारों का गहन अध्ययन करते थे। अमरजीत अख़बार की तरफ ताकती भी नहीं थी। नीरद कॉलेज जाकर कई अख़बारों की सुर्खियाँ देख लेता। उसकी दिलचस्पी का क्षेत्र साहित्य था।

उन्हीं दिनों भाई को कनाडा जाने का रास्ता नज़र आया। अख़बार में वहाँ स्कूलों के लिए दर्जनों पद निकले थे। भाई-भाभी ने चार फॉर्म मँगा लिये। घर में बड़ा बावेला मचा। बौजी और बीजी ने कहा, 'दोनों भाई इकट्ठे चले जाओगे, हम किसके सहारे जियेंगे?'

भाई ने कहा, "अमरजीत है, पंकज है और आपकी सारी कबीलदारी यहीं है।"

"बेटों का हाथ लगे बिना तो सरग भी नहीं मिलता," बीजी रोने लगीं।

भाई बोले, "एक बार हम वहाँ जम जायें तो आप दोनों को भी बुला लेंगे, बल्कि अमर और पंकज को भी वहाँ काम दिलवा देंगे।"

शाम को नीरद कपूरथला से लौटा तो बीजी ने उससे कहा, "तू तो बड़ा मीसना (घुन्ना) निकला। अपने-आप बाहर जाने का प्रोग्राम बना लिया।

नीरद हक्का-बक्का। सारी बात जानते ही वह भड़क गया, 'मेरे लिये फैसला लेने का हक किसी को नहीं है। चाहे कनाडा हो, चाहे टिम्बकटू, मैं कहीं नहीं जाऊँगा।' भाई ने समझाया, "यहाँ से चालीस गुना तनख़्वाह मिलेगी, घर का दलिद्दर धुल जायेगा।"

"आप धोओ अपना दलिद्दर, मेरा फॉर्म कोई जमा न करे।"

"बेवकूफ, तू भरकर दस्तख़त करेगा, तभी जमा होगा फॉर्म।"

"कहाँ है फॉर्म, लाओ फाड़ दूँ," नीरद उठा।

अमरजीत ने फॉर्म बीच में लपक लिया। पंकज भी उस दिन वहीं आया हुआ था।

"तुम्हें नहीं जाना तो हमें दे दो, हम भी निकलकर देखें इस नरक से।"

नीरद उलझ पड़ा, "किसे नरक कह रहे हो?, इस घर को या उस घर को या अपनी नौकरियों को? हद है, जरा-सी सेंध क्या मिली, तुम्हें यहाँ नरक दिखायी देने लगा?"

"क्या है यहाँ पर! सारे दिन मेहनत करो, गिने-गिनाये रुपये हाथ आते हैं। चार ट्यूशन न करें तो घर का ख़र्चा नहीं चलता, आये दिन लूट-ख़सोट का आतंक।"

"जा बच्चा, तू गोरों का देश देख ले," बीजी ने कहा।

इस तरह एक-एक कर वे चारों चले गये। हम भी बहुत दिन पंजाब नहीं रह पाये। नीरद को इलाहाबाद विश्वविद्यालय में नौकरी मिल गयी और हम सब इलाहाबादी बन गये।

इसी बीच बच्चे छोटे से बड़े हो गये। भाई की तीनों बेटियाँ और अमर के चीनू मीनू हमारे ताक पर फोटोग्राफ बनकर रखे रहे। उनके बारे में ख़बर मिलती रही कि सैण्डी बहुत अच्छी पियानो बजाती है, नीता ने सोशल वर्क में ग्रेजुएशन किया है और साधना की शादी वहीं के एक वाशिन्दे से तय हो गयी है। हमारी स्मृतियों में वे अभी भी बच्चियाँ थीं,

जो यहाँ से जाते वक़्त रो रही थीं और कहती थीं, ''हमें नहीं जाना इतनी दूर, हम वापस आ जायेंगे।''

इस बार भाभी ने फोन पर कहा, ''भावना हमारा बहुत अच्छा दोस्त रिचर्ड भारत जा रहा है। एक हफ़्ते राजस्थान घूमकर वह इलाहाबाद पहुँचेगा। एक हफ़्ते वहाँ रहेगा। उसके आराम का पूरा ध्यान रखना। घर की सफाई कर लेना। कहीं भी गन्दगी, मच्छर, छिपकली न दिखने पाये। रिचर्ड डॉक्टर है। तुम्हारे भाई उसे साथ लेकर आते, पर उन्हें अभी छुट्टी नहीं मिल रही है। हमें तुम पर भरोसा है, जैसे हमारे आने पर मेहमाननवाज़ी करती हो, वैसी ही करना।''

इस फोन के बाद काम के तामझाम में मैं बस चकरघिन्नी-सी हो गयी। एक नज़र घर पर डाली, दूसरी परिवार पर। लगा, दोनों गड़बड़ हैं। घर तो बिलकुल अजायबघर बना हुआ था।

ख़ाने के कमरे में बीजी का तख़्त बिछा हुआ था। ड्राइंगरूम का पलस्तर उखड़ा पड़ा था। अन्दर बच्चों ने अपने कमरे में कम्प्यूटररूम बना रखा था। पढ़नेवाले कमरे में कपड़े बिखरे रहते। ड्रेसिंग टेबिल सीढ़ियों पर रखी थी और रसोई इतनी घिचपिच थी, कि खुद मुझे ही उसमें सामान ढूँढ़ने में ग़श आ जाता। छोटे-से आयतन में बना यह फ़्लैट ऐसा था कि इसमें मुहब्बत या मज़बूरी के अलावा साथ रहने का कोई औचित्य नहीं था।

मैंने बच्चों से कहा, ''देखो ताई जी के मेहमान तीन दिन बाद आ रहे हैं। तुम अपना कमरा साफ कर लो। बग़लवाले कमरे में उन्हें ठहरायेंगे। ये तुम्हारा कमरा देखकर क्या सोचेंगे।''

बच्चों ने कोई ध्यान नहीं दिया। दूसरी बार टोकने पर मन्नू अपने कमरे में पड़ी सारी किताबें, सीडी और तौलिये हमारे कमरे में पटक आया।

मैं घर-भर का कबाड़ छत पर डालती, आलमारियों के ऊपर चढ़ती, पौधों को छाँटती, पगलायी डोलती रही।

नीरद ने कहा, ''क्यों परेशान होती हो। जैसा घर है, वैसा ही रहने दो, अगर यहाँ उसे तकलीफ होगी तो अपने-आप होटल में चला जायगा।''

मेरे लिये यह तर्क ग्राह्य नहीं था, वह क्या सोचेगा कि पढ़ी-लिखी लड़कियाँ हिन्दुस्तान में ऐसे घर चलाती हैं। भाभी अलग ख़फा होंगी।

तीन दिन में घनघोर परिश्रम से मैंने अध्ययन-कक्ष में रद्दोबदल कर उसे अतिथि-कक्ष में तब्दील कर दिया। चुन-चुनकर घर की सारी नायाब चीज़ें यहाँ पहुँच गयीं।

बिस्तर पर चार इंची का फोम का गद्दा, दीवारों पर पिकासो और विंशी की बनायी हुई तसवीरों के फोटोप्रिण्ट, नया टर्किश तौलिया, विदेशी बाथरूम, स्लिपर्स, नया जग और एक अदद फ्रिज़ भी कमरे में बाहरवाली जगह में रखवा दिया।

अन्नू ने इतनी तैयारियाँ देखकर कहा, ''वाह मम्मी! यह कमरा तो बिलकुल विदेशी लग रहा है। बस एक मेम की कसर है यहाँ पर।''

मैंने कहा, ''अन्नू, प्लीज़ तुम अपना म्यूज़िक सिस्टम इस कमरे में लगा दो, अगले हफ़्ते तक की बात है।''

आश्चर्य कि बिना हुज्जत के दोनों बच्चों ने अपना जान से प्यारा म्यूज़िक-सिस्टम अतिथि-कक्ष में फिट कर दिया। मैंने चुन-चुनकर बाख, बिथोविन, मोजार्ट के कैसेट टेबिल पर रखे। बच्चों ने कहा, ''हम थोड़ा पॉप भी रख देते हैं, नहीं तो उसका हाजमा ख़राब हो जायेगा।''

साढ़े छह फीट लम्बा रिचर्ड पार्कर जब नीरद के साथ घर में घुसा तो कमरा उसकी उपस्थिति से एकदम भर गया। वह सभी से गर्मजोशी से मिला। बीजी को उसने हाथ जोड़कर कहा, ''नमस्ते!''

मैंने उसके लिए चीज़ सैण्डविचेज़ बनाकर पहले से ही रख लिये थे। जल्दी से चाय बनायी। पुरानी सेविका मालती का मन नहीं माना। इतनी दूर से आये मेहमान को सिर्फ एक चीज़ के साथ चाय पिलाते हैं कभी? उसने आलू-प्याज के पकौड़े बना डाले और पापड़ तल दिये। रिचर्ड इतना सब देखकर भौचक्का रह गया। उसने गप से एक पकौड़ा मुँह में रखा। ''ऊ औ आ।''

पकौड़ा बहुत गर्म था। रिचर्ड कुर्सी से उछला और पकौड़ा मुँह से बाहर निकला। बच्चों की तरफ देखकर हँसा, ''सॉरी'' उसने कहा। फिर पकौड़े को फूँक-फूँककर मुँह में डाला।

"डेलिशयस", उसने कहा और तीन-चौथाई प्लेट चट कर गया। उसे चाय भी बढ़िया लगी। यह कहना मुश्किल था कि हमारी मेहनत रंग दिखा रही थी या उसका मूड।

शाम को हम उसे नदी-किनारे घुमाने ले गये। उसकी आदत थी, वह एक-एक चीज़ के इतिहास में जाने का प्रयत्न करता।

"यह घाट किसने बनाया, कौन-से सन् में बना?"

"ये मूर्तियाँ कौन-से भगवान् की हैं?"

"इतने सारे भगवानों से आप लोग कन्फ्यूज़ नहीं होते?"

"यह मल्लाह कब से नाव चलाता है, इसकी उम्र क्या है?"

ज़ाहिर था कि हम उसके सभी सवालों के जवाब नहीं दे पाये। घर आकर हमें यह भी लगा कि हम अपने परिवेश के विषय में कितने कम तथ्य जानते हैं।

बीजी ने कहा, "नीरद, रिचर्ड से कह कि निकर बनियान में बाहर न निकले। कपड़े पहनकर जाया करे।"

पर रिचर्ड को बहुत गर्मी लग रही थी। वह कनाडा के एलबर्टा इलाके से आया था, जहाँ तापमान हिमांक से कई डिग्री नीचे रहता है।

अंग्रेज़ी जानते हुए भी उसका लहज़ा समझने में हमें थोड़ी दिक्कत हो रही थी। किसी तरह काम-चलाऊ बातें हो जातीं। पर मैंने पाया, बीजी और बच्चों को ऐसी कोई परेशानी नहीं थी। वे सब मिलकर घण्टों टीवी देखते। भाभी ने अपने ऑफिस और घर के अन्दर-बाहर का एक वीडियो टेप भी भेजा था। उसे वीसीआर पर लगाकर वह बताता जाता, क्या हो रहा है, जो बात शब्दों से स्पष्ट न होती, वह अभिनय करके पूरी करता। सब ठहाके लगाते। बिना भाषा के वह बीजी को भाई के हाल बता देता। थोड़ी देर को मैं दोनों के बीच दुभाषिया बनी, फिर बीजी ने मुझे उठा दिया।

"इसकी बातें मुझे समझ में आ रही हैं", उन्होंने कहा।

पहली रात मैं मनाती रही कि कमरे में कहीं कोई छिपकली, चूहा अपनी दैनिक ग़श्त पर न आ जाये। मच्छरों के ख़िलाफ कई इन्तज़ाम पहले से कर रखे थे।

खाने का समय सकुशल बीता। सीधा-सादा शाकाहारी भोजन था। उसे अच्छा लगा। पानी उबला हुआ था। फिर भी उसने नहीं पिया। उसने मालती से कहा, "चाय।"

हिन्दी के दो-तीन शब्द वह वहीं से सीखकर आया था। अच्छा, हाँ, नहीं का उच्चारण और अर्थ वह जानता था।

यह सोचते हुए कि हर विदेशी को खजुराहो जाने की बेताबी होती है, हमने उसके लिए टूरिस्ट बस से वहाँ जाने का आरक्षण करवा दिया। उसे बताया। उसने गर्दन हिलायी "नो, आई प्लान टु गो टु सारनाथ।" (नहीं, मेरा इरादा सारनाथ जाने का है।)

"सारनाथ हम सब किसी भी दिन कार से चलेंगे," नीरद ने कहा, "पहले तुम वह जगह तो देख लो, जिसके लिए भारत आये हो।"

उसने कहा, "वह ट्री ऑफ नॉलेज, बोधिवृक्ष देखेगा। उसकी बहन ने उससे बौद्ध उपासना के उपकरण मँगवाये हैं। वे ख़रीदेगा।"

हमारे लिये अपने काम से छुट्टी लेना मुश्किल था। उसने कहा, "मैं अकेले चला जाऊँगा। आप मुझे गाड़ी में बिठा दें।"

अच्छे मेज़बान की तरह हमने कहा, "अभी जल्दी क्या है, आये हो तो दो-चार दिन रह लो।"

उसने अपनी डायरी दिखायी, जिसमें उसके एक महीने के प्रवास का पूरा टाइम-टेबिल बना हुआ था।

"अनजान जगह में अकेले जाते हुए तुम्हें डर नहीं लगता?" मैंने पूछा।

"इन्सान तो हर जगह का एक-सा है।" उसने कहा।

"पर तुम्हारे पास हमारी भाषा नहीं है। अपनी ज़रूरत कैसे बताते हो?"

"काम चल जाता है।"

"देखो," नीरद बोले, "इस देश में ज़ितने अच्छे लोग हैं, उतने बुरे भी, कोई दुश्मन-जैसा मिल गया, तब?"

"मुझे आपके भाई ने बताया था कि भारत में पानी के सिवा तुम्हारा कोई दुश्मन नहीं होगा," रिचर्ड ने हँसते हुए कहा।

खजुराहो का आरक्षण रद्द करवा दिया गया। अगले दिन का समय उसने ज़्यादातर घर में बिताया। दोपहर में वह आनन्द-भवन देखकर आया। रात के खाने पर हम सब इकट्ठे बातें करते रहे।

परिचय का प्रथम संकोच टूटने के बाद अन्नू मन्नू अपनी पुरानी बुलन्दी पर थे। मन्नू ने पानी अपने गिलास में डालने के चक्कर में मेज़ पर फैला दिया। मैं परेशान हो गयी।

"कितनी बार कहा है, तुम दोनों छोटी मेज़ पर खाया करो," मैंने भुनभुनाते हुए झाड़न की तलाश की, जो नहीं मिला।

"तुम्हें कनरस पड़ा हुआ है। बड़ों के बीच घुसकर बैठना क्या बच्चों को शोभा देता है?" मैं और भी बोलती। दिन भर की भड़ास निकलने को थी। वैसे भी परिवार का ख़्याल है कि डाँटते हुए मुझे नशा चढ़ जाता है। गुस्से में मैं जनम-जनम की ग़लतियाँ गिनाने लगती हूँ। दुखी होकर मन्नू ने खाना ही छोड़ दिया। रिचर्ड ने इशारा किया, "मन्नू, मैं तुम्हारा दोस्त हूँ। मेरे कहने पर खा लो प्लीज़।"

"हमें भूख नहीं है।" उसने कहा।

उसके खाना छोड़ते ही अन्नू ने भी प्लेट सरका दी, "हम भी नहीं खायेंगे।"

बीजी बोली, "इधर तो आ, मैं तुम दोनों को खिलाऊँगी। भगतिन बिल्ली की कहानी सुननी है?"

जब ये छोटे थे, दादी से कहानी सुनते हुए, उन्हीं के हाथ से खाना खाते थे। अब बच्चे कुछ बड़े हो गये थे, पर खाने के समय कभी भी छोटे बन जाते।

दोनों के मुँह फूले रहे।

बीजी ने कहा, "जो मेरे पास पहले आयेगा, उसे एक रुपया मिलेगा।"

मेरा मूड अभी भी उखड़ा हुआ था, हमारे घर में दो दिन भी सभ्यता से रहना दूभर है। बच्चों को अक्ल सिखाओ तो बड़े बोलने लगते हैं। इसीलिए शायद रिचर्ड जल्दी जा रहा है।

रिचर्ड ने भोजन के बाद चाय पीते हुए हम दोनों से कहा, "आपकी मेहमाननवाज़ी को मैं कभी भुला नहीं पाऊँगा। आपके परिवार में मुझे बहुत अपनापन मिला है।"

"और यहाँ की गड़बड़ियाँ भी कभी नहीं भुला पाओगे!" मैंने कहा।

"जिन्हें आप गड़बड़ियाँ कह रही हैं, उनके लिए हमारे देश में तरसते हैं लोग। कहाँ मिलती है घर-परिवार की गर्मी। मुझे देखिये, बारह साल की उम्र से अकेला हूँ। माँ-बाप का तलाक हो गया। पहले माँ के साथ रहा। दो साल बाद उसने दूसरी शादी कर ली। फिर पिता के साथ रहा। साल भर बाद पिता ने भी दूसरी शादी कर ली। मेरे लिये कहीं जगह नहीं बची थी।"

"अब तो आप वयस्क हैं।" मैंने कहा।

"पर कितना अकेला। एक बात बताऊँ! वहाँ अलबर्टा में हम सब अकेले हैं। आपके भाई कभी-कभी कहते हैं, नीरद ने ठीक किया, जो परदेस नहीं आया।"

नीरद को अपने पर नाज़ हुआ। बोला, "रिचर्ड, मैं तो तभी जानता था कि रोटी के लिए कोई अपनी मिट्टी नहीं छोड़ता। मेरा तो लिखने-पढ़ने का काम है। शोहरत, बदनामी जो मिलनी है, यहीं मिले। सात समुन्दर पार चला गया तो कौन सुनेगा मेरी आवाज़, मेरे शब्दों में से सारी खुशबू निकल जायगी।"

"राइट", रिचर्ड ने कहा, "तुम्हारे भाई को उसका अहसास है। आपके घर में अभी डिनर के समय तीन पीढ़ियाँ एक साथ खाना खा रहीं थीं। अरे, दुर्लभ सुख है यह। ऐसा दृश्य देखे मुझे बरसों हो गये कि बच्चों के माँ-बाप अपने माँ-बाप के सामने आज्ञाकारी बच्चे बन जायें। तीन पीढ़ियाँ एक छत के नीचे, एक कमरे में प्रेम से बैठी हैं, कहीं कोई तनाव नहीं। आपके बच्चों को एक नार्मल लड़कपन मिल रहा है। बहुत बड़ी बात है यह! इसे कभी कम करके मत देखियेगा।"

रिचर्ड सुबह बनारस चला गया, पर मुझे जीवन-भर के लिए शिक्षित कर गया। वह अलमस्त परदेसी सिर्फ सैलानी नहीं था।

●●●

पण्डिताइन

हालाँकि वे हमारे घर के ठीक सामने रहते थे हमें उनका नाम मालूम नहीं था। कॉलोनी की संस्कृति यही है। अगर गेट पर नेमप्लेट लगी है तो अवगत हो जाइये अन्यथा अपनी अनभिज्ञता में मस्त रहिये। सिर्फ घरों में आने-जानेवाले धोबी, जमादार और नौकरों के ज़रिये छिटपुट जानकारी का आदान-प्रदान हो जाता है।

वे सी.डी.एफ. पेन्शन में छोटे-मोटे अधिकारी थे। उनके दो बेटे साथ में रहते थे। एक लड़का हाईस्कूल में पढ़ रहा था और दूसरा प्रतियोगितात्मक परीक्षाओं की आड़ में अपनी बेरोज़गारी ढकने का वर्षों से प्रयत्न कर रहा था। अभी पिछले साल सुनने में आया कि उम्र अधिक हो जाने से अब वह प्रतियोगी परीक्षाएँ देने की स्थिति में भी नहीं है।

कॉलेज में चतुर्थ श्रेणी की कुछ रिक्तियों के लिए विज्ञापन छपने पर जो कई सैकड़ा आवेदन पत्र प्राप्त हुए उनमें एक अवधेश राय का भी था। उसका पता पढ़कर जिज्ञासा हुई कि अपनी कॉलोनी का आख़िर यह कौन आदमी है जो दफ़्तरी, चपरासी, बुक लिफ़्टर-जैसे पद के लिए कोशिश कर सकता है। नम्बर मिलाकर देखा, सामनेवाले मकान का था। मैंने उसे बुलाकर समझाया कि यह पद उसके योग्य नहीं है। मुझे लगा उसने हताशा के किसी क्षण में एप्लाई कर दिया है। मुझे बड़ा विस्मय हुआ कि उसने अपनी अर्ज़ी वापस लेने में कोई दिलचस्पी नहीं दिखायी। उसने कहा, "जब अच्छी नौकरी नहीं मिलेगी तो ख़राब नौकरी करेंगे ही। फिर आजकल चपरासियों को कौन काम होता है। शान से धूप में खड़े होकर बीड़ी पीते हैं या स्टूल पर बैठे रहते हैं। कॉलेजों में तो बस काग़ज़

इधर-उधर करने का काम होता है, सो कर देंगे।" लड़के की यथार्थवादिता पर मैं अवाक् रह गयी।

ये लोग मूल रूप से बलिया के थे, वहीं उनकी सात बीघा ज़मीन बँटाई पर जुतती थी। लड़के की माँ कभी-कभी यहाँ आती थी। उसकी ग़ैरहाज़िरी में दोनों लड़के घर का कुल काम सँभालते थे। आगे के दो दाँत टूटने और बालों में सफेदी आ जाने से माँ अपने पति से ज़्यादा बुज़ुर्ग लगती थी। पति को वहाँ के लोग पण्डित जी कहते थे। शायद उसकी वज़ह यह होगी कि वे रोज़ गंगा-स्नान के बाद चन्दन की पड़ी और रोली की खड़ी रेखा से अपना भाल चर्चित करते थे। वैसे दूधवाले का कहना था कि वे कुण्डली बनाना और बाँचना भी जानते थे। त्योहारों पर उनकी पत्नी यहाँ आतीं। दीवाली पर उसे अपनी छत पर बड़ी-मँगौड़ी तोड़ते देखा जाता और होली पर आलू के पापड़ बनाते।

पण्डित जी का तबादला शिलांग हो गया। एक दिन वे ट्रंक और छोटे थैले के साथ विदा हुए। घर की कमान बेटों ने सँभाल ही रखी थी। वे वहाँ से नियमित काफी रुपये इलाहाबाद के अपने खाते में ट्रान्सफर करते। बच्चों के पास हर महीने सात से दस तारीख़ के बीच चेक आ जाता।

शिलांग की जलवायु पण्डित जी को रास नहीं आयी। उन्हें पहले पीलिया हुआ और बाद में उनका जिगर बढ़ गया। जिसने जो उपचार बताया, वे गाहे-बगाहे करते रहे। परदेस में रहकर परहेज़ का खानपान मयस्सर नहीं हुआ। वे दुर्बल होते गये। अन्ततः मेडिकल लीव पर अपने घर वापस आ गये।

उनकी बीमारी की ख़बर पाकर पत्नी गाँव से यहाँ आयी। उसका सोचने का तरीका पुरातन और पारम्परिक था। उन्हें कमज़ोर देखकर वह देसी घी का हलवा बना देती या उन्हें दूध बादाम खाने को देती। डॉक्टर की हिदायत थी कि उन्हें एकदम हलका चिकनाईरहित भोजन दिया जाय, पर पत्नी की समझ में नहीं आता। वह कहती, 'ये सूख रहे हैं, थोड़ा घी-दूध लें तो चंगे हो जायेंगे।' जब बेटे आस-पास होते, पिता को पपीता काटकर खिलाते। कभी-कभी छोटा बेटा बाजार से मुसम्बी का रस ले आता। बड़ा लड़का उन्हें इधर-उधर के समाचार सुनाता रहता। उसके

जीवन में सबसे बड़ा समाचार किसी बेरोज़गार की नौकरी लगना होता। उसी से सुनकर पण्डिताइन ने एक दिन कहा, 'ऊ पाण्डे जी चल बसे, उनके बेटवा की तोहार दफ़्तर में नौकरी लग गयी। जौन श्रीवास्तव बाबू रहे, ओहू की बिटिया जावे लगी दफ़्तर।' झल्लाकर पण्डित जी बोले, 'तो का हमहूँ मर जाई।'

जैसे काल बैठा था उनकी जुबान पर। अगले ही हफ़्ते वे नींद में सोये-सोये ही चल बसे। परिवार के सदस्यों को ख़बर तक न हुई। सुबह पण्डिताइन ने उठकर दरवाज़े खोले, 'गंगा जी जाने के लिए प्लास्टिक की डोलची में अँगोछा, धोती रखी और उन्हें पुकारा, 'चलो जी अबेर हुई रही है।'

पण्डित जी न हिले न डुले। पण्डिताइन ने पास जाकर उन्हें हिलाया। पंछी उड़ गया था, देह पड़ी थी।

फिर वह सब हुआ जो देखने का अभ्यास हम लोगों को इतना हो गया है कि अब कॉलोनी के करीब श्मशान का होना जीवन का अनिवार्य सत्य और नियति मालूम देता है। बेटे भर आँख रोये, माँ काठ की मूरत बन बैठी। उसी दिन पण्डित जी की वृद्धा माँ को भी देखा जो अन्दर के कमरे में निर्वस्त्र रहती थी। माँ बार-बार कह रही थी, ''मुनुआ को बलिया ले चलो। वहाँ परसादीलाल की दवा खाकर ठीक हो जाइ।' बड़े बेटे की पत्नी भी दो छोटे बच्चों के साथ अगले रोज़ बलिया से आ गयी। दफ़्तर के सहयोगियों ने दौड़-भागकर छह माह के भीतर पण्डिताइन की पेन्शन और बेटे की नौकरी की व्यवस्था करवा दी। कदाचित् यही जीवन का नैरन्तर्य है कि बेटा पिता के स्कूटर पर, पिता की कमीज़ पहनकर आफिस जाने लगा। बड़े बेटे की साइकिल छोटे बेटे को मिल गयी। जिस कमरे में पण्डित-पण्डिताइन सोते थे, अब बड़े बेटे बहू के काम आने लगा।

कई दिनों तक पण्डिताइन नज़र नहीं आयी। पहले अनुमान हुआ कि वह गाँव चली गयी है। अचानक वह एक दिन हमारे घर आकर रोने लगी। उसे सवा इक्कीस रुपये की ज़रूरत थी। सवेरे बेटे से माँगे तो उसने साफ इन्कार कर दिया। अन्दर के कमरे में पण्डित जी की फोटो लगी थी। जाले निकालते हुए फोटो गिर पड़ी और उसका शीशा तिड़क गया। कई बार उन्होंने बेटे को याद दिलाया कि फोटो का शीश बदलवा

दे पर वह आजकल-आजकल करता रहा। वे रोज़ सब्ज़ी लेने जाती थीं। वहीं बाज़ार में तस्वीर मढ़नेवाली दुकान पर वे फोटो दे आयीं। आज फोटो वापस मिलने की बात थी। दूकानदार को बीस रुपये देने थे। फिर एकादशी भी थी। एकादशी को पण्डित जी अपने पण्डे को सवा रुपया दक्षिणा देते थे। वह नियम भी कई महीनों से निभाया नहीं गया था। पण्डिताइन कलप रही थीं 'वो बीच बज़ार दुकान पे गिरौ परै हैं, बचवा बीस ठो रूपैया में छुड़ाऊ न लइते। उन्हीं का खायँ, बखेरें, उनहि को बिसरायँ।' रुपये हमारे घर से तत्काल दे दिये गये पर उनकी व्यथा ने मनुष्य स्वभाव का जटिल अध्याय खोलकर दिखा दिया।

पण्डिताइन लगभग अनपढ़ थी बस नाम-साक्षरता उनके पास थी, अर्थात्, किसी तरह अक्षर-अक्षर जोड़कर अपना नाम कागज़ पर उतार लेती। पण्डित जी का बैंक खाता, राष्ट्रीय बचत-पत्र सब संयुक्त था पर दोनों बेटों का उन्होंने नामिनी में नाम दे रखा था। बड़े बेटे ने माँ से कहा, 'नाम लिखे आवे के सौ ख़तरे हैं अम्माँ। तुम कुछ जानो न बूझो। कहीं बैंक माँ कोई तुमसे दस्तख़त करवा ले तो लुट जाओ।''

पण्डिताइन डर गयी 'बेटा हम समझैं न बूझैं, तुम करो हिसाब-किताब।' बेटे ने उनसे दो कागज़ों पर दस्तख़त ले लिये, 'अब तुम चैन से बइठ दोनों जून चुपड़ी खाओ।'

बेटे ने बैंक और डाकघर खाते के सभी अधिकार अपने कब्ज़े में ले लिये। उसने अपनी माँ को जीवन के धुर पिछवाड़े में डाल दिया। अब लुटी-पिटी पण्डिताइन बीस रुपये के लिए दर-दर भटक रही है; कैसे कहे कि वह अपने पेट के जाये से ठगी गयी है।

●●●

लड़के

हालात इससे बदतर हो नहीं सकते थे, या शायद हो भी सकते थे। सबसे बड़ा सन्तोष यह था कि लोग अभी ज़िन्दा थे।

लोगों में बेहिसाब जिजीविषा थी। पेट पूरा भरा हो, तब तो ज़िन्दा थे ही, पेट पूरा न भरा होने पर भी ज़िन्दा थे। साल-दर-साल वे सूखे से, बाढ़ से, बीमारियों से, भूकम्प से लड़ते और ज़िन्दा रहे आते। दिन-प्रतिदिन वे महँगाई, मिलावट और मक्कारी से भिड़ते और ज़िन्दा रहे आते। कभी-कभी लोगों को गुस्सा आता। वे गालियाँ देने लगते, कभी सरकार को कभी अख़बार को और आख़िर में अपने भाग्य को। लीडर सुनते और लाड़ से हँस देते। उन्हें पता था ऐसी गुर्र-गुर्र तो लगी ही रहती है। पाँच साल बाद एक दिन जायेंगे, सारे शिकवे-शिकायत दूर कर देंगे। उनके होते देश में आज़ादी-ही-आज़ादी थी। बल्कि पन्द्रह अगस्त और छब्बीस जनवरी को तो आज़ादी दिखायी भी दे जाती थी। झण्डियों की शक्ल में। फिर हगने, मूतने, थूकने के अलावा खाँसने, खँखारने और कराहने की भी खुली छूट थी। हवा पर कोई प्रतिबन्ध नहीं था। साँस चाहे आप तीव्र गति से लें चाहे मन्द, कोई एतराज़ नहीं करता था। इस पर टैक्स भी माफ था। बदलते मौसमों पर कोई आयोग नहीं बैठाया गया था। उनके पासपोर्ट उनके पास थे। वे धड़ल्ले से आते-जाते रहते। सूरज, चाँद, सितारे, नदी, पेड़, पर्वत सब मटरगश्ती पर उतारू थे। धरती पर स्वर्ग लाने में और कोई कसर नहीं थी।

कॉलेज के अहाते से अभी-अभी लड़कों का एक झुण्ड निकला। किस्म-किस्म के लड़के, फीके, मीठे, नमकीन, दुष्ट, रुष्ट और हृष्ट-पुष्ट! हलकी ठण्ड की शुरुआत के बावजूद स्वेटर केवल दो ने पहन रखे थे।

बाकी जीन्स या बेलबॉटम में थे। एक लड़के ने बेलबॉटम के साथ पारदर्शी स्कीवी पहन रखी थी, बस। लड़के प्रसन्न नहीं लग रहे थे। लड़के अप्रसन्न नहीं लग रहे थे। लड़के उत्तेजित थे, वे ज़रूरी बातचीत करने कम्पनी बाग़ जा रहे थे।

कम्पनी बाग़ शहर का सबसे बड़ा बाग़ था। कॉलेज के ठीक सामने, सुबह अक्सर मोटे थुलथुल लोगों को इसकी चारदीवारी के आसपास चहल-कदमी करते या भागते देखा जा सकता था। वे हाँफते, भागते, थमकर फिर भागने लगते जब तक कि डॉक्टर की ताकीद का अमल नहीं हो जाता। दोपहर में कम्पनी बाग़ लड़कों से भर जाता, इनमें अधिकतर कॉलेज या यूनिवर्सिटी से पीरियड गोल करने के आदी छात्र होते या संगीन कार्यवाही करने को उद्धत प्रेमी जोड़े। कहते हैं शाम को इस पार्क में केवल चोर-गुण्डे और जेबकतरे घूमा करते थे। जैसे पारी बँधी हुई हो, कोई किसी का रास्ता नहीं काटता।

जिस लड़के की कमीज़ पर सेलर लिखा था, बोला, "यार, कुछ भी कहो इस साल पढ़ाई में कुछ मज़ा नहीं आ रहा, साला सब बोर।"

चश्मेवाले लड़के ने कहा, "इस साल लड़कियाँ भी तो काफी वाहियात आयी हैं, एक-से-एक चश्मुद्दीन।" दो-चार लड़के उसकी ओर कौतुक से हँसे।

"बाय गॉड, हम चश्मा लगाते हैं लेकिन देखना कतई गवारा नहीं करते", उसने बिना झेंपे कहा।

"कुछ बताओ यार कैसे कटेगी!" एक ने लम्बी साँस छोड़ी।

एक और लड़का जिसकी आँखें चकमक पत्थर की तरह चमक रही थीं, बोला, "बड़े हनुमान जी पर झाँझ-खड़ताल बजाकर ही कटेगी और कैसे कटेगी।"

"खड़ताल-हड़ताल से क्या होता है जी", जिस लड़के की कमीज़ पर सेलर लिखा था, बोला।

"वह मारा, हाँ हड़ताल से कुछ होगा!" दो लड़के एक साथ बोले, "बाय गॉड, हड्डियाँ जाम हो गयी हैं क्लास में बैठे-बैठे।" सबको यह एक दैवी सन्देश लगा!

लेकिन हड़ताल का मकसद क्या हो, वे सोचने लगे। क्या वे यह कहें कि उनका हिन्दी प्रोफेसर रोज़ समय से आ जाता है, इस पर उन्हें एतराज़ है, या यह कि क्लास में बायीं तरफ दस बजे धूप आ जाती है इसलिए, या वे कहें कि मैदान में उगे पेड़ वॉलीबाल में अड़चन डालते हैं या कॉलेज में नल बारह बजे बन्द हो जाता है। देखा जाये तो इनमें से एक भी बात को लेकर वे व्यग्र नहीं थे। लेकिन वे कुछ कर गुज़रना चाहते थे। उन्हें कोई कार्यक्रम नहीं मिल रहा था, न घर में न बाहर। वे अपनी ऊर्जा का इस्तेमाल करना चाहते थे। हलचल के नाम पर उनके पास था ही क्या-अख़बार की दी हुई ख़बरें, सरकार की दी हुई बेरोज़गारी और परिवार की दी हुई परेशानियाँ। वे इन तीनों से बिदकते थे। इस उम्र में वे तगड़े बकरों-सा उछलना चाहते थे।

बहरहाल हड़ताल तो करनी ही थी। शहर में एक सेवा-समिति थी, उसके मन्त्री काफी धाकड़ थे। हड़ताल कराने, हड़ताल स्थगित कराने, हड़ताल समाप्त कराने जैसे कार्यों में उनका सहयोग था। उनसे पूछा जाये।

उनसे पूछा गया!

उन्होंने बता दिया!

धड़ाधड़ परचे छपवा दिये गये, बैनर बन गये, माइकवाले को माइक के लिए आर्डर दे दिया गया। हड़ताल का मुद्‌दा था, प्राध्यापकों के चयन में छात्रों का प्रतिनिधित्व।

समिति के मन्त्री ने तो यह सुझाव दिया कि हड़ताल और क्रमिक भूख हड़ताल समानान्तर रखी जाये। इससे तुरन्त असर पड़ेगा। लेकिन छात्रों को यह नहीं जँचा। जब रोज़ ही भूखे रहते हैं तो भूख हड़ताल की क्या तुक! यों उन्हें हड़ताल का मुद्‌दा भी ख़ास पसन्द नहीं आया था। वे जानते थे जो भी आयेगा, एक-सा पढ़ायेगा, जड़, बेहूदा और बेमतलब। उस पढ़ाई का इससे कोई तअल्लुक नहीं होगा कि अर्जुनसिंह का बाप नौ अगस्त को रिटायर हो रहा है, कि सुनील वर्मा की दो बहनें लगातार जवान हो रही हैं, कि अनूप कौशिक का बड़ा भाई अब तक तीन सौ बयासी रुपये सत्तर पैसे महज़ नौकरियों के लिए आवेदन-पत्र भेजने में तबाह कर चुका है। उस पढ़ाई का इससे भी कोई ताल्लुक नहीं होगा कि

गेहूँ दिनोंदिन महँगा होता जा रहा है, बाज़ार से कभी कोयला ग़ायब हो जाता है कभी मिट्टी का तेल; शहर की सभी मुख्य सड़कें टूटी पड़ी हैं और चौराहों पर सरेआम जेब कट जाती है।

लेकिन जब तक कुछ और करने को न हो तब तक हड़ताल तो करनी ही थी, अपने हक का इस्तेमाल!

पढ़कर निकलने की जल्दी भी किसे थी। जो निकले थे वे भी रो रहे थे, जो नहीं निकले वे भी। फिलहाल पढ़ाई एक तगड़ा बहाना था। अम्माँ सुबह उठकर नाश्ता तैयार कर देती थीं। पिता जी से किताब-कापी के नाम पर नामा भी मिल जाता था। पढ़ चुके तो यह उम्मीद भी गोल। घर भर के लिए यह एक फख्र का विषय था कि लड़का कॉलेज जाता है। इस बात के आगे बाकी सारे सवाल स्थगित हो जाते थे।

तय हुआ कि बाकायदा गंगा-स्नान के बाद नारियल फोड़कर हड़ताल का श्रीगणेश किया जाये। फूलमालाएँ गले में डाल, एक गुट कुलपति का घेराव करे और दूसरा कक्षाओं का बहिष्कार। शहर के हर कार्यकलाप में गंगा-स्नान का बड़ा महत्त्वपूर्ण स्थान था। अगर शहर में नदी न होती तो शहर के लोग अपना दिन कैसे शुरू करते, कहना मुश्किल था। लोगों का कहना था कि जिसने जो चाहा, गंगा-माई ने बख़्शा था। इसलिए सुबह अँगोछा डाले शहर नदी की ओर दौड़ पड़ता। इस कार्यक्रम में वे लोग तो थे ही जो पिछले अट्ठाईस साल से निरन्तर नहाते चले आ रहे थे, वे भी थे जो शौकिया नहाऊ थे। वे वृद्धाएँ भी थीं, खाँसी-जुकाम, निमोनिया से परे, हर साल जिनसे मृत्यु कुछ इस तरह खिसक जाती जैसे गंगा का किनारा। यहाँ तक कि शहर के कई मशहूर काला बाज़ारिये, मोटी तोंदवाले हलवाई, वेश्यागामी पण्डे और चन्द जेबकतरे भी अपना दिन गंगा-स्नान से ही शुरू करते थे।

लड़के यों तो नहाने के ख़ास शौकीन नहीं थे। कइयों को देखकर लगता था कि इस दैनिक कर्म में उनकी कोई आस्था नहीं है लेकिन वे भी गंगा की महिमा बचपन से सुनते चले आ रहे थे। फिर हड़ताल तो कायदे से होनी ही चाहिए।

लिहाज़ा उन्नीस लड़कों की टोली बन गयी। जब वे घण्टाघर से बाँध के लिए रवाना हुए, मन काफी मस्त हो आया। पिछले दिन का

आक्रोश सुबह की ठण्डी हवा में ठण्डा हो गया। तीन लड़के आने से रह गये। उनका इन्तज़ार करना उचित नहीं समझा गया। दो-चार रिक्शावालों से पूछा, 'छह-छह सवारी, बाँध का क्या लोगे।' रिक्शावाले के मना करने पर टायरों की हवा निकालने का कार्य सम्पन्न किया गया। फिर उन्होंने दो इक्कों में अपने-आपको लादा और इक्केवाले से लगाम और चाबुक सँभालकर चलते बने। रास्ते में दोनों इक्कों में होड़ लगी। एक का पहिया गड्ढे में उतरते-उतरते बचा और आख़िर वे सकुशल बाँध पर पहुँच गये।

बाँध पर काफी भीड़ थी। आज कार्तिक पूर्णिमा थी। लम्बा-चौड़ा घाट था। अपार भीड़ स्नान कर रही थी, तिलक लगा रही थी, कपड़े बदल रही थी। ढेर-के-ढेर स्कूटर खड़े थे और साइकिलें। वहीं एक तरफ़ खड़ी थीं कई जीपें। लड़कों ने गिना सात पर भारत सरकार की तख़्ती लगी थी। तीन पर प्रादेशिक सरकार की। ज़ाहिर है भारत सरकार नहाने आयी थी। लड़कों ने देखा भारत सरकार मूली ख़रीद रही थी, भारत सरकार जलेबी खा रही थी। भारत सरकार पुण्य कमा रही थी। एक जीप मत्स्य विभाग की थी। एक स्वास्थ्य विभाग की। करदाता के ख़ून-पसीने का पेट्रोल पेट में डाल ये जीपें दौड़ती रहती थीं साहब के लिए तरबूज़ लाने, साहब के बच्चे स्कूल पहुँचाने, साहब की मेम को सिनेमा दिखाने, साहब के रिश्तेदार को स्टेशन पहुँचाने। लड़कों ने जीपें और जीपों के जमुहाइयाँ लेते ड्राइवर देखे। ड्राइवरों के चेहरों पर बेग़ार का असन्तोष था। एक जीप माप-तौल निरीक्षण विभाग की थी। इसके एक कर्मचारी सुनील वर्मा के घर के पास रहते थे। उनके घर में ऐसे कई बाटों का ढेर था जिन पर एक किलो लिखा था पर वे आठ सौ ग्राम के थे। ये उन्होंने शहर के सब्ज़ीवालों, फलवालों, मिठाईवालों से पकड़े थे। कुछ महीने ये बाट घर में पड़े रहते फिर एक दिन चुपचाप उन्हीं के विभाग का एक आदमी ले जाकर इन्हें बेच आता।

अनूप, सुनील, अर्जुन, श्यामल और ताहिर काफी देर किनारे पर खड़े तमाशा देखते रहे। वीरेन्द्र एक तरफ खड़ा तिरछी आँख से कपड़े बदलती एक औरत को देख रहा था। अर्जुनसिंह का ध्यान पण्डों पर था।

"साला आगे बढ़ने ही नहीं देता", अर्जुनसिंह ने अनूप को दिखाया।

"देख लेना शाम तक यह सौ रुपये कमा लेगा। हमसे तो यही अच्छा है। हो सकता है दो जमात भी पढ़ा न हो। पर अच्छे-अच्छे पढ़े-लिखों का शिकार कर रहा है।"

"सब-के-सब शिकारी हैं यहाँ, कोई तराजू से शिकार करता है, कोई चन्दन से, कोई मीटर से, कोई लिटर से", ताहिर बोला।

"सबसे बड़े शिकारी तो ये हैं", सुनील ने कड़वाहट से कहा, "जीपों में लद-लदकर आनेवाले अफसरान, इन्हीं को भ्रष्टाचार की जाँच-पड़ताल का जिम्मा सौंपा जाता है।"

श्यामल मन-ही-मन डर रहा था। उसके पिता शिक्षा विभाग में काम करते थे। सुबह उसके कान में भनक पड़ी थी कि घर में सबका नहाने का कार्यक्रम है, जीप आनेवाली थी। वह मना रहा था जीप न आयी हो, अर्जुनसिंह ने कहा, "ओय असाँ चले हैं हड़ताल करने, हड़ताल करनी है तो इनके खिलाफ करो। इनसे कहो कुर्सियाँ खाली करें, हम आ रहे हैं।"

अनूप बोला, "यार मुझे भी हड़ताल के नाम पर आलस आ रहा है। साला सारा दिन गला फाड़कर चिल्लाओ और घर जाकर डाँट सुनो।"

"दरअसल मुद्दा कुछ ठीक नहीं है।"

"नहीं जी, एक बार सोचकर पीछे हटना ग़लत है।" ताहिर ने कहा।

श्यामल पहले ही ढुलमुल हो गया था, बोला, "मुझे तो स्टेशन पहुँचना है, बुआ जी आ रही हैं।"

"हज़ामत बहुत बढ़ गयी है, बुलाकी के हो आयें।"

तभी एक जीप दन्न से आकर उनके पास रुकी। जीप सिंचाई विभाग की थी। उसमें से कई लोग तौलिये लेकर उतरे। ताहिर के मुँह से बेसाख़्ता ठहाका निकल गया, "आइये, आइये बस आपकी कमी थी। हम सोच ही रहे थे, सिंचाई विभाग इस साल नहाने नहीं आया।" सारे लड़के ठठाकर हँस पड़े।

आनेवाले अचकचा गये। उनके चेहरों पर खिसियाहट थी। उन्होंने ध्यान से लड़कों को देखा। क्या पता कौन गुप्तचर विभाग का हो। इंजीनियर थोड़ा हटकर अपने बाबू को धमकाने लगा, "ऊपर शिकायत

पहुँच गयी तो सारा नहान धरा रह जायेगा। मुझे ले डूबने की साज़िश करते हैं आप लोग, मैं आप सबकी सी.आर. बिगाड़ दूँगा।" इंजीनियर ख़ुद बेहद बौखलाया, खिसियाया हुआ था। फिर वे लोग बिना नहाये, लदर-पदर जीप में घुसे और वापस चले गये।

लड़कों का दिन सार्थक हो गया। वे हँसे और हँसते चले गये।

मस्ती में वे एक जीप में घुस गये। ड्राइवर शायद इन्तज़ार से तंग आकर ख़ुद नहाने चला गया था। जीप खुली हुई थी। अर्जुनसिंह को हर तरह की गाड़ी चलाने का तजुर्बा था।

लड़के जीप ले उड़े। कुछ दूर ऊबड़-खाबड़ ज़मीन में चलकर जीप रुक गयी। अर्जुनसिंह ने फिर स्टार्ट की। तभी लड़कों ने देखा, जाँघिया पहने, नंग-धड़ंग अफसरों की एक छोटी-सी टुकड़ी उनके पीछे दौड़ रही है। ये शायद इस जीप के हाकिम थे। लेकिन अब जीप गति पकड़ चुकी थी। लड़कों का जोश बुलन्द था। वे तालियाँ बजाते गा रहे थे।

'......ये दोस्ती हम नहीं छोड़ेंगे, तोड़ेंगे दम मगर तेरा साथ न छोड़ेंगे।'

लड़के शहर से बाहर निकल गये। मूँगफली ख़रीद ली गयी। रास्ते में पकौड़े भी खाये गये।

अगले दिन मुँह अँधेरे जॉन्सनगंज के चौराहे पर एक जीप दुरुस्त हालत में बरामद हुई, जीप खाद्य नियमन अनुभाग की थी!

●●●

रायेवाली

मुहल्ले में सभी के दो-दो नाम थे, एक घर का, जो आँगन से लेकर गली की आख़िरी हद तक ज़ोरों से गुहारा जाता, दूसरा जो स्कूल के रजिस्टर में दर्ज़ रहता। घर के नाम का कोई नामकरण संस्कार नहीं होता था, वह अपने-आप ही पड़ जाता। जैसे पप्पू की बहन पैदा हुई तो पप्पू ने कहा 'हाय अम्माँ यह तो ऐसी मुलायम है कि इसे मैं हप्प कर जाऊँ।' और बहन का नाम हप्पो पड़ गया। इसी तरह राकेश का नाम तोते, शारदा का नाम ठुन्नो और अमरवती का नाम इमरती पड़ गया। स्कूलवाला नाम बाकायदा लड्डू हाथ में देकर निकाला जाता था। लेकिन उसका प्रयोग केवल हाईस्कूल के प्रमाण-पत्र और शादी के कार्ड तक सीमित था।

लड़के अक्सर अपने टकसाली नाम से मशहूर हो जाते थे। मुन्नू बाबू ने बज़ाज़े की दुनिया में बड़ा नाम कमाया और तोते भाई की पतंगबाज़ी में टाँग जाती रही। मुहल्ले के दो-चार ज़हीन लड़के नौकरी पर लग गये, उनका स्कूली नाम जड़ पकड़ गया। शादी-मण्डी में उनकी कीमत थोड़ी और बढ़ गयी। बड़ी बुआ उठते-बैठते तोते को कोसने लगीं, 'चार अच्छर नाँय पढ़ौ, बटमार तोते का तोते ही रह जायगौ।'

लड़कियों का मामला और भी पेचीदा था। हप्पो की शादी हुई तो ससुरालवालों ने अच्छा ख़ासा कालिन्दी नाम बदलकर लक्ष्मी रख दिया। कुछ महीनों बाद, जब कालिन्दी के नाम परिवर्तन के बावजूद, घर के कारोबार में कोई समृद्धि नहीं आयी तो घरवालों ने उसका नाम हिकारत से 'रायेवाली' रख दिया। यह नाम उन्हें ढूँढ़ना नहीं पड़ा था। तैयार मिल

गया। मोहन बाबू की बारात में जितने लोग गये थे सब उसका ज़िक्र रायेवाली के नाम से करते रहे। इससे यह बात भी अच्छी तरह स्पष्ट हो जाती थी कि नयी बहू मथुरा की नहीं, वरना राया की है, तभी तो वगैरह-वगैरह। राये में उस दिन... बाप रे बाप, सड़क कित्ती ख़राब थी, ताँगे का पहिया उतरते-उतरते बचा। और धूल इत्ती कि पूछो मत कुछ, मिठाइयाँ भी सारी किसकिस, पान कड़वा और कचौड़ियाँ ठण्डी। मोहन बाबू की माँ इन सब बातों को तो भूल सकती थी, लेकिन वह कुछ और बातें बर्दाश्त नहीं कर सकती थी। जैसे राये की औरतें साबुन ज़्यादा ख़र्च करती हैं, नमक कम डालती हैं, इनमें सेवा भाव की कमी होती है, और इन्हें नींद बड़ी जल्दी आ जाती है। परिवार के एक बुजुर्ग बारात की विदाई पर सवाक् चिन्ता प्रकट कर चुके थे, 'राये की छोरी मथुरा के मोहन को कैसे सँभारेगी, योग ठीक हो जाये तो है।' मोहन बाबू ने यह सुना था और अपने अन्दर एक नवीन गुरुता का बोध किया, बावजूद किराये की शेरवानी, चूड़ीदार पाजामा, साफा, कलगी के। साथ-ही-साथ उसने यह भी मान लिया कि इस वक़्त लड़की लघुता के बोझ से ही सिर लटकाये बैठी है।

घर पहुँचने पर मोहन के पिता लाला जग्गोमल ने नव-विवाहित बेटे की पोशाक वापस करने में वह तत्परता दिखायी कि बीस मिनट के अन्दर दूल्हा घर में केवल लँगोट पहने नज़र आ रहा था। उसकी माँ जल्दी से पट्टीदार पाजामा और मोटी पापलीन की पीली कमीज़ निकालकर लायी जो ख़ासतौर पर इस मौके के लिए सिलवाकर रखी गयी थी।

अब जब शादी हो गयी थी, दो-दो बार नाम परिवर्तन हो चुका था, बहू को महीने भर बरत लिया था, सबका एक मत था, 'राये की छोरी काम-काज में कोरी।'

परिवार के बच्चों का उत्साह नये सदस्य के प्रति अभी भी शिखर पर था। सूरजभान कौतुक से कालिन्दी की आलता रँगी एड़ियाँ और मेंहदी रँगी हथेलियाँ देखता और अपनी अम्माँ के पीछे पड़ जाता, अम्माँ तू भी रंग लगा ले। उसकी अम्माँ बायें हाथ का एक चाँटा गाल पर जमा देती, 'सब हाथ-पाँव रँगकर बैठ जायँ तो काम कौन करे, तेरी सास।' कालिन्दी

बर्तन रगड़ते-रगड़ते अपनी हथेलियों पर राख का धुँधलापन देखती और चुप रह जाती। कुनबे में कहीं ज्योनार-बड़हार होती तो यही जेठानी उसके झाले, बेंदी, चुटीला और चाँदी की चोबदार कमरपेटी बाँधकर इतराती हुई पान की गिलौरी मुँह में दबातीं और कालिन्दी को सुनातीं, 'देखा हम पे कित्ती सजती है तुम्हारी ये मामूली रकम। पहनने का ढब हो तो ठीकरे भी जवाहर।' सास सिर मटकाती, 'मथुरा की छोरी की बहार ही और होती है। मथुरा तीन लोक से न्यारी ठहरी। साच्छात बंसीवारे रहे हैं यहाँ पर। मथुरा वारे खड़े से दूध पीते हैं। जो ख़ुसबूवाला तेल यहाँ के छत्ता बाज़ार में मिले है, राये में बाको नाम भी नाँय जानतौ है कोई, चाहे जासै पूछ लो।'

कालिन्दी का पति अभी स्वतन्त्र रूप से कुछ करता नहीं था। वह पढ़ता भी नहीं था, हालाँकि कालिन्दी के माँ-बाप उसकी पढ़ाई के खाते में अब तक पाँच सौ रुपये, एक हाथ-घड़ी, एक कम्बल और एक टीन घी दे चुके थे। ये चीज़ें घर में भी नज़र नहीं आती थीं। मोहन की बहन की शादी में ये चीज़ें हस्तान्तरित हो गयी थीं। इनकी बाबत एक बार कालिन्दी ने पूछा तो मोहन ने झिड़क दिया, 'अपने काम से काम रखा करो, बेफिज़ूल नहीं फँसा करो। औरत है या सापट्टर।'

कालिन्दी ने आठ जमातें पास की थीं। उससे आगे पढ़ने के लिए राये में स्कूल नहीं था। मोहन सातवीं में तीन बार फेल होकर अब बाप की दुकान पर बूरा तौलता था। उसने अपने बाप को माँ से और भाई को भाभी से बात करते वर्षों सुना था। उसे पता था औरतों से कैसे बात करना चाहिए। पता तो उसे और भी बहुत-कुछ था, पर उसकी इस गृहस्थी में ज़्यादा गुंजाइश नहीं थी।

रात दस बजे वह दुकान का आख़िरी दरवाज़ा बन्द कर घर आता, व्यालू करता और माँ के पाँव दबाता। यह उसका रोज़ का नियम था। माँ दुनिया-जहान की बातें करती रहती। जब बातें चुकने का ख़तरा पैदा होता, माँ भजन शुरू कर देती। मोहन उबासी लेता हुआ संगत करता और अन्ततः हिम्मत बटोर जैसे ही उठकर जाने की कोशिश करता, माँ अपनी आवाज़ उठाकर पुकारती, 'अरी ओ, क्या नाम रायेवाली, ज़रा मेरी कमर तो दबा जा...।'

टुकड़ा-टुकड़ा नींद की अभ्यस्त कालिन्दी अचकचाकर उठ बैठती, देखती पति अभी तक सो नहीं पाया है। उसका मन मोहन के प्रति नरम हो जाता। उसे छुट्टी दिलाने की ख़ातिर वह बरामदे में आ जाती और देर तक माँ की कमर पर श्रम करती।

माँ की सामाजिकता इस वक़्त शिखर पर होती, 'नैक सौ तेल ले ले। हाँ जे। जे बहौत दुखतौ है रामजी। नैक ज़ोर से दबा, दर्द की नस पकड़ के हींच।'

'अब सरीर बहुत थक गयौ। तू तो ब्याही आयी तो लुगाई ही। मैं ग्यारह साल की ब्याही थी। मेरी सास खड़े से पैर दबवाती थी सारी-सारी रात। ये जो अगले दाँत टूटे हैं, तभी के हैं। खड़ी-खड़ी एक बखत ऊँघ गयी। सास ने दूसरी टाँग वह कसकर चलायी कि गिरी सामने की चौखट पे धम्म से। ऊपर से चार दाँत मगज में चढ़ गये। अब वो ज़माने नहीं रहे। अब तो बहुओं का राज है।'

कालिन्दी को याद आता अभी पिछले सावन में तो वह सहेलियों के साथ झूला झूला करती थी।

नन्हीं-नन्हीं बुन्दियाँ रे, सावन का मेरा झूलना
एक झूला डाला मैंने अम्माँ के राज में,
हो अम्माँ के राज में
संग में सहेलियाँ रे, हिलमिल के मेरा झूलना
नन्हीं-नन्हीं बुन्दियाँ रे...।

शान्ता के गाना शुरू करने पर कालिन्दी शरारत से गाना आगे बढ़ाती, एक झूला डाला मैंने सासू के राज में...

आधी-आधी रतियाँ रे, चक्की का मेरा पीसना
नन्हीं....

तब सब सहेलियाँ खिलखिलाकर हँस पड़तीं।

पौ फटने से पहले कमर शान्त नहीं होती थी। कुछ ही देर बाद एकदम शोर मच जाता, 'नल आ गये, नल आ गये... बड़ी कुण्ड एकदम खाली पड़ी है, कपड़े धुलने हैं, बाल्टियाँ भरनी हैं। रात बर्तनों में चुहिया

मूत गयी है। अरी बहू तूने तो कुम्भकरन को मात कर दियौ। शरम कर, दिन चढ़े भरतार को लेकर सोयी पड़ी है।"

इस उलाहने के साथ-साथ बहू बाल्टियाँ लेकर नल की तरफ भागती और भरतार लोटा उठाकर मैदान की तरफ।

बाद में यही मोहन भयंकर वेश्यागामी हो गया। अब वह पत्नी का इन्तज़ार न करता। भरी दोपहर, चौक में राजो पहाड़न के यहाँ हाजत रफा कर, वह रात-रात भर माँ के साथ बैठ भजन गाता। माँ उसे श्रवणकुमार की कथा सुनातीं, वह संकल्प करता कि वह श्रवणकुमार से भी अधिक महान् बनेगा। माँ उससे पैर दबवाती, वह सिर भी दबा देता। राजो की नथनी के सपने लेता वह माँ के खटोले के पास ही अपना झिंगोला बिछा लेता।

लेकिन ये बातें उसकी निजी थीं, जैसे अण्टी में बँधे रुपये। इनसे पत्नी पर उसका कब्ज़ा कम नहीं होता, कुछ बढ़ ही जाता था। आँगन बुहारती कालिन्दी को देखकर उसे कोई असुविधा न होती। बल्कि वह सोचता यह उसका सही इस्तेमाल है।

सीन-पिरोने, काढ़ने-बुनने की शौकीन कालिन्दी ढोलक भी बहुत बढ़िया बजाया करती थी। राये में कोई ब्याह-शादी उसकी ढोलक के बिना आरम्भ न होता। बचपन में आटे के कनस्तर पर ही हाथ आजमाया करती। ज़रा बड़ी हुई तो कोठरी में टँगी ढोलक उसकी अच्छी साथी बन गयी। सहेलियाँ चिढ़ाया करतीं, 'अपने ब्याह में भी यह खुद बजायेगी, हमारी बजायी तो इसे पसन्द नहीं आयेगी।'

माँ ने पचरंगी ढोलक दहेज में दी थी। ससुराल में एक-एक चीज़ की शिनाख़्त कुछ इस प्रकार की गयी कि ढोलक फालतू सामान-सी बच्चों के हाथ पड़ गयी। सूरजभान का छोटा भाई ब्रजभान पहले उससे कुर्सी का काम लेता रहा, फिर पहिये का। साल के अन्त में जब वह इम्तहान में अनुत्तीर्ण हुआ तो उसके पिता ने एक लात मारकर ढोलक फाड़ दी, 'पतुरियोंवाले शौक रखता है, पहले नाक पोंछना तो सीख। पूरे एक सौ पाँच रुपये पानी में मिल गये। अगले बरस तेरी फीस फिर से कौन भरेगा, तेरा ससुर!'

कालिन्दी का कलेजा फटकर रह गया। उसे लगा यह लात उसी को मारी गयी है। ऐसे अपमान अब अजनबी नहीं रहे थे, फिर भी वह इनकी आदी नहीं हो पायी थी। बल्कि रोज़, पहले से ज़्यादा चोट महसूस होती थी। व्यक्तित्व के सभी हिस्से मार खा-खाकर कच्चे और कमज़ोर पड़ गये थे। ऐसे मौकों पर उसे लगता कि मोहन के स्वतन्त्र होने से पहले ही वह ढोलक हो जायेगा। दाऊ जी, बाऊ जी के सामने वह बोल भी क्या सकती थी।

पति के सामने उसने दो-एक बार बोलने का प्रयत्न किया था। लेकिन उसने पाया कि मोहन के दिमाग़ में बोरों की गिनती, माँ का गठिया और घर का ख़र्च कुछ इस तरह भरा है कि किसी चर्चा की वहाँ गुंजाइश नहीं है। उलटे वह कालिन्दी से पूछता, 'क्या बात है, घर में कोई भी तुमसे खुश नहीं है?'

एक बार कालिन्दी ने कहा था, 'मैं भी तो खुश नहीं हूँ।'

'तुम्हारी खुशी क्या होती है? तुम कोई लाट कलट्टर की जाई हो?'

'लाट कलट्टर की जाई तो वे भी नहीं हैं।' कालिन्दी का इतना कहना था कि मोहन पंचम स्वर में चीखने लगा, 'जुबान लड़ाती है, बदज़ात कहीं की। मेरी माँ को कुछ कहा तो जीभ काढ़कर धर दूँगा।'

शोरगुल सुनकर तमाम अदालत हाज़िर हो गयी। तुरन्त नालिश हुई। प्रत्यक्ष गवाहों की कमी नहीं थी। माँ की प्रचण्ड मुद्रा ने न्यायाधीश की भूमिका अदा की और मोहन ने बतौर सज़ा, पास रखा पीतल का लोटा दन्न से मुज़रिम के सिर पर दे मारा। कालिन्दी को चक्कर आ गया। उसे उसी हाल में पड़ी छोड़ सब मोहन की खुशामद में लग गये, 'आगरेवाली से बात पक्की हुई होती तो आज वह दिन न देखना पड़ता। रात-दिन खटता है, कभी दिन त्योहार छुट्टी मिले तो यह चुड़ैल पीछे लग जाती है। ऐसी लुगाई की जीभ तो कैंची से काटकर नाली में फेंक दे।'

मोहन को यकीन हो जाता कि वह घर का सही नेतृत्व कर रहा है। अपनी मर्दानगी में उसकी आस्था द्विगुणित हो जाती।

मोहन के छोटे भाई श्याम का विवाह था। तिलक की रस्म हो चुकी थी। घुड़चढ़ी का, तीन दिन बाद मुहूर्त्त था। शुक्रवार को रस्म थी।

बृहस्पतिवार दोपहर को राये से एक ख़त आया जिसका ऊपर का एक कोना फटा हुआ था। पत्र सबसे पहले बच्चों के हाथ पड़ गया। बच्चे कुछ देर आपस में यह सलाह करते रहे कि यह चिट्ठी मिलकर बाँच ली जाये। बड़ा बच्चा होने के नाते सूरजभान ने चिट्ठी पढ़नी आरम्भ की। हमेशा की तरह पोस्टकार्ड पर टेढ़ी-मेढ़ी लाइनें खींचकर, बिना किसी विरामचिह्न लिखा था :

'प्रिय बेटी हप्पो राजी रहो आगे यहाँ का समाचार सुभ नहीं तुम्हारी मैया सोमवार सात बजे पेट के फोड़े में चीरा लगते ही सरगवास कर गयी बड़ी तकलीफ पायी मछली की नाईं तड़फ-तड़फकर पिरान निकले लल्ला बाबू तब से रोते भए चिट्ठी को तार समझ फौरन से पेश्तर पहुँचो तुम्हारे बाबू।'

मज़मून पढ़ बच्चों के होश उड़ गये। वे दौड़े-दौड़े अन्दर गये और बर्तन माँजती रायेवाली के पास दूर से ही चिट्ठी पटक इधर-उधर खिसक गये। घर से आया पोस्टकार्ड देख कालिन्दी लहककर उठी। राख भंड़े हाथों से ही उसने चिट्ठी पकड़ ली।

एक बार पढ़, उसे कुछ समझ नहीं आया। उसने पलटकर पता देखा, फिर पढ़ी। जैसे ही उसे यकीन हुआ, वह अवसन्न जहाँ-की-तहाँ बैठ गयी।

कुछ देर बाद सास अपनी दैनिक ग़श्त पर निकली तो पाया काम अधूरा छोड़ रायेवाली आराम फरमा रही है। उसने अपना तरकश सँभाला और एक बाण चलाया। तब तक सन्न बैठी रायेवाली की ऐसी हृदय विदारक चीख़ निकली कि घर तो घर, दुकान के लोग भी जुड़ गये। सास एकदम हवन्नक हो गयी, 'लो, मैंने न कुछ कहा, न सुना, बस यहाँ से गुज़री तो इसे चुड़ैल चढ़ गयी। कैसी इंजन-जैसी चिल्ली मारी है कमबख़्त ने।'

पोस्टकार्ड कुछ क्षण बाद बरामद हुआ जब कालिन्दी अचेत होकर एक ओर लुढ़क गयी।

पत्र पढ़कर सब सोच में पड़ गये। ब्याह का मौका था, बेहिसाब काम था। आपस में सलाह-मशविरा कर यह फैसला हुआ कि इस वक़्त

रायेवाली को राये भेजना ठीक नहीं। घर के काम में घर के लोग काम न आयेंगे तो क्या ग़ैर आयेंगे!

इसीलिए रात में जब सिसकते-सिसकते कालिन्दी ने पति से कहा कि वह उसे जल्द-से-जल्द राये पहुँचा दे तो उसने फैसला सुना दिया।

कालिन्दी को विश्वास न हुआ, 'हटो, यह क्या मज़ाक है, ऐसे में भी कोई रोकता है?"

मोहन तमककर बोला, "मज़ाक करते होंगे तेरे यार, हम तो साफ बात करते हैं।"

कालिन्दी अड़ गयी, "मैं तो ज़रूर जाऊँगी। सब कहेंगी, माँ के मरने में भी नहीं आयी।"

मोहन भी अड़ गया, "सोच लो, यह घर या वह घर। इस मौके पर चली गयी तो वापस घुसने न दूँगा, पड़ी रहना सारी उमर बाप के द्वारे!"

कालिन्दी सन्न रह गयी। यह तो उसने सोचा भी न था। एक मन हुआ आधी रात में उठकर भाग जाये। लल्ला बाबू के आँसू भरे चेहरे आँखों में उतर आये। पर उसके हाथ में अधेला भी न था। रात भर माँ आँखों के आगे घूमती रही, तरकारी काटती, पराठे सेंकती, उसके बाल गूँथती, हँसती, लेटती, बैठती, उठती, चलती-फिरती माँ!

सुबह घर मेहमानों से भर गया। पूरी, कचौड़ी, मिठाई, नमकीन, बच्चों की धकापेल, नाइन की गाली-गलौज में कब सुबह हुई, कब दोपहर, कुछ पता न चला। कालिन्दी सूखी मुँह लिये सारा दिन दौड़ती रही, शर्बत बनाती, पत्तल लगाती, पैर छूती, पानी पिलाती। सास ने कहा, 'कल से बुख़ार है इसे, पर देवर के ब्याह का उछाह तो देखो, बिना खाये पिये जुटी हुई है।'

शाम चार बजे, जब गीतों के लिए औरतों ने ढोलक सँभाली, कालिन्दी का सिर फटा जा रहा था। वह अपने कमरे में जाकर पड़ गयी। सारा दिन काम करते, उठते-बैठते माँ की सूरत आँखों के आगे मँडराती रही थी। अब एकबारगी बाँध टूट गया। तभी बाहर से औरतों की चहल-पहल 'रायेवाली कहाँ गयी, रायेवाली को बुलाओ' शुरू हो गयी।

उसके साथ ही कालिन्दी को अपने सिरहाने सास की दबी घुड़की सुनायी दी, "मेरे घर में आज के दिन असगुन न मना रायेवाली, कल अपने घर जाकर जी भर रोइयो।"

कालिन्दी उठी और औरतों की महफिल के बीच आ गयी। ढोलक उसकी तरफ सरका दी गयी। एक बार फिर माँ की सूरत उसकी आँखों के सामने कौंध गयी। उसके हाथ नहीं उठे। सबका समवेत उलाहना, शोर तमाशा, सास की बनैली आँखें देख, उसने पलक मूँदकर जबरन हाथ उठा एक हलकी-सी थाप लगायी और ढोलक उसके हाथों में खनकती गयी। खनकती गयी। कुछ चंचल लड़कियाँ उठकर नाचने लगीं। कालिन्दी भी ढोलक छोड़ खड़ी हो गयी और सबके साथ मिलकर उसने वह चक्करदार लहरिया नाच नाचा कि सारी महफिल दंग रह गयी। साथ उठी लड़कियाँ हाँफ गयीं लेकिन कालिन्दी नाचती रही, नाचती रही और तब तक नाचती रही, जब तक नाचनेवालों के बीचोंबीच गिरकर चारों खाने चित न हो गयी।

●●●

वसन्त-सिर्फ एक तारीख़

सच पूछो तो मैं महीनों बाद घर से निकली थी। यानी, चौक से आगे। चौक तक के तो दिन में दस चक्कर रोज़ ही लग जाते थे। बेसन से लेकर बॉर्नविटा तक की ख़रीदारी मेरे ही जिम्मे थी। यहाँ तक कि अब मैं आँख मूँदकर चलूँ तब भी बता सकती हूँ कि यह मलाईवाली का चबूतरा है, यह गुलाब का चाट ठेला है, यहाँ पर एक पागल आदमी बैठता है और यहाँ होम्योपैथिक डॉक्टर की उजाड़ दुकान, यहाँ गर्म इमरती हर वक़्त छनती है और यहाँ भाँग की गोली मिलती है। आगे पुराना बज़ाज़ा है। उससे आगे टोकरियाँ बिकती हैं, नीम के नीचे मिर्च-मसाले और उससे आगे धागे मिलते हैं। ठहरिये बीच में कीलवाले की दुकान तो छूट ही गयी। यहाँ चौक से संगम जाने के लिए रिक्शे सस्ते मिलते हैं और दातुनें भी। यहीं से एक तरफ सब्ज़ी बाज़ार शुरू होता है, दूसरी तरफ मिठाई बाज़ार।

लेकिन यों ठीक से तैयार होकर तो मैं महीनों बाद निकली थी। मैंने सोचा था लोग मुझे देखकर सवालों का ताँता लगा देंगे, 'कहाँ जा रही हो?' 'कैसे निकलना हुआ?' 'ख़ैरियत तो है?' वगैरह-वगैरह। लेकिन बिजली घर तक पहुँचते-पहुँचते मैंने पाया लोगों को फुर्सत नहीं है। लोग बेतहाशा भागे जा रहे हैं, साइकिलों पर, स्कूटरों पर, रिक्शों में। वे न आपस में बोल रहे हैं, न इधर-उधर देख रहे हैं, बस भागे जा रहे हैं। उनके ठीक सिर के ऊपर नीले आसमान में एक गुनगुना बादल ठुमक रहा है। लेकिन वे भागे जा रहे हैं। सड़क के उस पार एक बारजे से एक

बेहद प्यारी बच्ची लाल मफलर बाँधे खड़ी हँस रही है लेकिन वे भाग रहे हैं।

ये वसन्त के दिन थे। ऋतुराज का महीना। जगह-जगह गुलाबी, पीले, नीले फूल सिर उठाकर खिलखिला रहे थे। सड़क के किनारे की पटरियों की दरारों तक में घास फूट आयी थी। लोग अभी भी भाग रहे थे। मैं डर गयी। कहीं शहर ही तो खाली होने नहीं जा रहा? क्या कोई महामारी फैलनेवाली है या भूचाल आनेवाला है या...? मैंने घबराकर रिक्शेवाले से पूछा, "भई तुम्हें पता है, ये इतने सारे लोग कहाँ जा रहे हैं?"

"जा रहे होंगे काम से।"

मुझे तसल्ली नहीं हुई। फुहारे के पास मैंने मूँगफलीवाले से फुटकर लेते हुए पूछा, "आज कोई ख़ास बात है क्या? ये इतने सारे लोग कहाँ जा रहे हैं?"

"दस बजा है, ऑफीस जाय रहे होइहैं", उसने मेरी तरफ हैरानी से देखा।

बेकार रहते-रहते मुझे तो यह भी भूल चुका था कि दस बजे का समय दफ़्तर जाने का होता है। वर्षों से हमारे घर से कोई दफ़्तर नहीं गया था। बेरोज़गारी हमारा पुश्तैनी रोज़गार था।

फिर भी हमारा गुज़र किसी तरह होता ही था। दरअसल हम लेखन को समर्पित दम्पती थे। सारी दोपहर हम कलम घसीटते थे, शामें कॉफी हाउस में बीतती थीं। सुबह हम अख़बारों के दफ़्तरों में ताक-झाँक करते पाये जाते थे। ये सब अपने-आप में पूर्णकालिक काम थे। फिर भी समाज के मान्य अर्थों में हम बेरोज़गार थे। हर महीना जब बीत जाता, हमें हलका अचम्भा और गहरी ख़ुशी होती कि हम भूख, महँगाई, बीमारी और दुर्घटनाओं को चकमा देते हुए एक और महीना ज़िन्दा रह लिये।

लेकिन आज चूँकि मौसम अच्छा था, जेब में रिक्शे के लिए पैसे थे, धोती में कलफ था, चप्पल साबुत थी, इसलिए मैं अपने पुश्तैनी रोज़गार को चुनौती देती हुई अपनी आकांक्षाओं का आकाश तलाशने निकल पड़ी थी। आज मैंने दुर्जनसिंह और जाननिकालसिंह को भी साथ नहीं लिया

था। नहीं तो दुर्जनसिंह और जाननिकालसिंह भला मुझसे छूटते हैं। मेरी उँगली से बँधे, मेरी धोती से लिपटे, परिवार नियोजन के ये नन्हें-नन्हें प्रश्नचिह्न हर घड़ी मेरे अगल-बग़ल दिखायी देते हैं। लेकिन आज मैंने उन्हें चिज्जी का चरका देकर कहा, "बेटे, आज अम्माँ को जाने दो, हो सकता है जब अम्माँ लौटे तो उसकी जेब रकम से भारी हो," दुर्जनसिंह और जाननिकालसिंह कुछ समझे नहीं, वे दस पैसे लेकर लाई के लड्डू लेने दौड़ गये।

मेरी संवेदना वसन्त का आनन्द ले रही थी। मेरी चेतना एक महत्त्वाकांक्षी योजना बना रही थी। मेरी पहचान की एक महिला अभी पिछले महीने गाँधी कॉलेज की प्राचार्या बनकर शहर में आयी थीं। जिस दिन यह जानकारी मुझे मिली, मेरे आह्लाद की कोई सीमा न रही। मुझे अनायास याद आ गयी, गर्म कपड़ों के ट्रंक में सबसे नीचे गोल लपेटकर रखी गयी अपनी डिग्रियाँ। इस बीच कितनी ही बार कपड़ों को धूप दिखायी गयी थी। उनमें फिनायल की गोलियाँ डाली गयी थीं। कपड़े धुलवाये गये थे, जमाये गये थे, उठाये गये थे। यहाँ तक कि ट्रंक पर रोग़न भी कराया गया था। लेकिन वे दो काग़ज़ मेरी जड़ता के टेलिस्कोप बने वैसे ही पड़े रहे।

इनसे जब मेरी पहचान हुई ये प्राचार्या नहीं थीं, मेरी प्राध्यापिका थीं। ये छायावादी किस्म के गीत लिखा करती थीं, जो हमें निराला, पन्त और महादेवी वर्मा की कविताओं के साथ-साथ अनिवार्य रूप से उनके कण्ठ से सुनने पड़ते थे। उनकी चापलूसी करने का अचूक तरीका यह था कि उनके गीत कण्ठस्थ कर लिये जायें। इसी चक्कर में मैंने उनके बहुत-से गीत याद कर डाले थे। उनके आगमन ने मेरे अन्दर महत्त्वाकांक्षाएँ जगा दी थीं। मैं बेरोज़गार से बारोज़गार होना चाहती थी! मैं घर का खूँटा छुड़ाकर आज़ाद होना चाहती थी।

गाँधी कॉलेज हूबहू वैसा कॉलेज था जैसा हर शहर के हर चौराहे पर होता है। केवल लड़कियों का यूनीफॉर्म भिन्न रंग का था। यह केवल इसी प्रदेश का कमाल था कि स्कूल को भी कॉलेज कहा जाता था। उसी तरह की प्राचार्या बनी श्रीमती शान्ता सक्सेना इस वक़्त, उसी तरह की एक टीचर से शाब्दिक हिंसा कर रही थीं जिस तरह युग-युगों से प्राचार्याएँ

टीचरों से करती आ रही हैं। गाँधी कॉलेज में दीवारों के अलावा कुछ भी गाँधीवादी नहीं था।

मेरे बैठने का उनके तापमान पर कोई असर नहीं हुआ। टीचर को पूरी तरह रुआँसा बनाकर वह मेरी ओर एक निहायत रूखे अन्दाज़ में मुख़ातिब हुईं।

मैंने जल्दी से कहा, "मैं आपकी भूतपूर्व छात्रा चन्दा चौधरी, कुछ याद आया।"

उनकी त्योरियाँ घटीं, लेकिन मिटीं नहीं।

"कहाँ, अच्छा बरेली में।"

"नहीं, रायबरेली में," मैंने कहा और हँस पड़ी।

वे नहीं हँसीं, वे हँस नहीं पायीं। वे शायद अब हँसती नहीं थीं।

"ओह, बड़ी पुरानी बात हुई यह, कहो क्या काम है?"

"काम तो कुछ नहीं मिसेज़ सक्सेना, आपका लिखा एक गीत याद आ गया तो मिलने चली आयी..."

नेह सरि में तिर रहे हैं भावना के दीप मेरे,
उर्मियाँ उन्मुक्त मन से गा रही हैं गीत मेरे,

स्मृति के गोदाम से मैंन बमुश्किल यह कबाड़ ढूँढ़कर निकाला था।

उन्होंने हैरानी से सुना जैसे यह किसी और की कविता हो और सिर हिलाया, "अच्छी है, अब आज ऐसी चीज़ें कहाँ लिखी जाती हैं। अब तो गद्य, पद्य, नाटक, फिल्में सबमें घूम-फिरकर बस सेक्स-वेक्स ही होता है।"

मैंने प्रतिवाद करने की बजाय विषयान्तर उचित समझा। मैंने बताया मैं उनकी कितनी प्रिय छात्रा थी। मुझे उनके कितने गीत अभी तक याद हैं और उनके मार्ग निर्देशन में मुझे काम करना कितना अच्छा लगेगा।

खुश होकर वे अपनी मेज़ की दराज़ खोलने की कोशिश करने लगीं। असफल होकर उन्होंने घण्टी बजायी। एक मरियल-सी दाई ने आकर फौरन दराज़ खोल दिया।

तभी लड़कियों का एक झुण्ड आया। उनमें से एक लड़की ने आगे बढ़कर कहा, "गुरु जी, हम पानी पीने बाहर जा सकते हैं? कॉलेज के नल बन्द हो गये हैं।"

"नल बन्द हो गये हैं तो मैं क्या करूँ। प्यासी बैठो। तुम लोगों को बाहर जाने का बहाना चाहिए।"

लड़कियाँ होंठों पर जीभ फिराती वहाँ से हट गयीं। मिसेज़ सक्सेना ने दाँत पीसे, "उफ ये लड़कियाँ! कॉलेज आती ही क्यों हैं। कभी इनकी किताब घर पर रह जाती है, कभी इनके पेट में दर्द उठ जाता है, कभी प्यास लग आती है। कभी इनकी माँ की तबीयत ख़राब हो जाती है... इसलिए तुमने देखा चन्दा, मैंने बड़ा फाटक बन्द कराया हुआ है, तब भी तो सुनती नहीं। फलाँदने की कोशिश करती हैं। कितनी बार मैंने लड़कियों को खुद पकड़ा है, अपने हाथ से।" उन्होंने अपना गदबदा हाथ टेबल पर पूरा पसार दिया।

गेट पर एक दाई हाथ में नीम की लचीली टहनी लिये बैठी हुई थी। आसपास मँडराती लड़कियों को वह ऐसे भगा रही थी जैसे कौवे भगा रही हो। मैंने देखा, इस कमरे में जो भी आता, उसकी शक्ल पर मुर्दनी छा जाती।

अध्यापिकाएँ पास रखी टेबिल से चौड़े-चौड़े उपस्थिति रजिस्टर उठाकर कमरे से बाहर क्लासों में जा रही थीं। उनके चेहरों पर मौसम का कोई रंग नहीं था। उनकी शक्लों पर बेहिसाब सुस्ती थी। चपल, चंचल, ताज़ा दिमाग़ बच्चों पर इनकी भंगिमा का क्या असर पड़ता होगा, यह पता लगाना मुश्किल न था।

खिड़की के पीछे पीपल पागल-सा पत्ते गिरा रहा था। अन्दर गोबर रंग की कीमती साड़ी में श्रीमती शान्ता सक्सेना प्रशासन में मगन थीं। उन्हें इसकी कोई ख़बर नहीं थी कि पोनप्पा रोड आजकल कितनी ख़ूबसूरत हो गयी है, ड्रमण्ड रोड रात में रजनीगन्धा और रातरानी की मिली-जुली गन्ध से मतवाली हो जाती है; यूनिवर्सिटी की लड़कियों ने स्वेटर उतार फेंके हैं और मेंहदी हसन आजकल हिन्दुस्तान आया हुआ है। वे ज़ोर से फोन पर चिल्ला रही थीं, "हैलो, सीमेण्ट क्यों नहीं भेजी? क्या कहा, उनतीस तारीख, नहीं-नहीं बहुत लेट हो जायेगा।"

वसन्त और वित्त-वर्ष की टक्कर में वसन्त हार गया था।

घण्टी बजने पर एक बार फिर कुछ चहल-पहल पैदा हुई। कुछ अध्यापिकाएँ आयीं। कुछ गयीं। एक अध्यापिका टेबिल के पास चुपचाप आकर खड़ी हो गयी।

"क्या है?" श्रीमती शान्ता सक्सेना ने उसकी ओर देखा।

"दीदी, वह मेरी ऐप्लीकेशन आपने देखी होगी?"

"हाँ, बताया तो तुम्हें। कल ही कहा था न, तुम्हें छुट्टी नहीं मिल सकती। टेम्परिरी प्राइमरी टीचर को हम कैजुअल के सिवा और कोई छुट्टी नहीं देते।"

"आपकी बात सही है, दीदी, लेकिन डॉक्टर ने हमें अब आने को मना किया है।" अध्यापिका गर्भावस्था के अन्तिम चरण में थी।

"तो मैं क्या करूँ, पहले नहीं सोचा था।"

अध्यापिका इतनी पीली, दुर्बल, निरीह और कातर लग रही थी कि मुझे लगा, घबराहट में उसका प्रसव यहीं, इसी वक़्त न हो जाये।

श्रीमती शान्ता सक्सेना ने एक बहुत भारी-भरकम रजिस्टर अपने सामने खोलकर रख लिया और हिसाब मिलाने लगी। तभी एक पृष्ठ पर वे चील की तरह झपटीं, "यह दो रुपये सत्तर पैसे का हिसाब क्यों नहीं मिल रहा है, फीस बाबू को बुलाओ, ऐ रमपतिया, फीस बाबू कहाँ हैं?"

अध्यापिका ने हताश स्वर में कहा, "दीदी फिर आप ही बताइये हम क्या करें?"

"इस्तीफा दे दो, तुम्हारी भी मुश्किल दूर हो जायेगी, हमारी भी, ठीक है न! भई हम तो साफ बात करते हैं। अब मार्च के महीने में लड़कियों की पढ़ाई कैसे हर्ज़ करायेंगे। यही तो कोर्स ख़त्म करने के दिन हैं। फिर इम्तहान का काम सर पर है। तुम्हारे बस का नहीं अब पढ़ाना-वढ़ाना। इस वक़्त क्या कोई क्लास हीं है?"

"दीदी, आपसे बात करना ज़रूरी था। इसलिए पाँच मिनट रुक गये।"

"बस यही तो है। काम आधा-पौना करती हो और छुट्टी माँगने में सबसे आगे। ऐसी हरकतों से परमानेण्ट भी कैसे होगी! आराम से घर बैठकर बच्चे पैदा करो। अरे काम करने के लिए डैडिकेशन चाहिए। आज की पीढ़ी में तो यह है ही नहीं।"

अध्यापिका मुँहं लटकाये धीमे कदमों से सामने से हट गयी। उसका चेहरा बेहद निराश और मृत लग रहा था। उसकी आँखों में कुछ ऐसी व्यग्रता थी जैसे प्राण निकलने से पहले चिड़िया की आँखों में होती है।

बैठे-बैठे मेरी कमर अकड़ गयी थी। बीच में प्यास भी लगी थी पर नल बन्द होने की बात मुझे याद थी। मैंने उठने का उपक्रम किया।

श्रीमती शान्ता सक्सेना ने कहा, 'अरे चन्दा, तुम्हारी नौकरी का इन्तज़ाम तो मैंने कर ही लिया है, सम्पर्क बनाये रखना। ये श्रीमती जी ज़्यादा-से-ज़्यादा एक हफ़्ते की मेहमान हैं। भई तुम पुरानी छात्रा हो, तुम्हारी मदद हम नहीं करेंगे तो क्या ग़ैर करेंगे।"

मेरे पैरों में कँपकँपी उठी, जैसी स्कूल के दिनों में दौड़ने से पहले उठा करती थी। दिमाग़ में कोई दमामे बजा रहा था।

शायद मैं उनके कमरे से शालीनतापूर्वक उठी थी। शायद मैं फाटक से बाहर आ गयी थी। शायद मैं लड़खड़ायी नहीं थी। तभी तो इस वक़्त मैं रिक्शे में बैठी थी। अग़ल-बग़ल के फुटपाथों पर नगर महापालिका द्वारा लगाये गये नीले, पीले, गुलाबी फूल उसी तरह इतरा रहे थे पर मैं उधर नहीं देख रही थी। मेरे अन्दर एक वसन्त अभी-अभी झुलसकर मर गया था।

●●●

तस्कीं को हम न रोयें

पिछले दिनों जिस रफ़्तार से देश में परिवर्तन हुए उसी रफ़्तार से उसके व्यक्तित्व में परिवर्तन हुए। अचम्भा सिर्फ यह था कि देश में हुए परिवर्तनों को तो तारीख़वार देखा जा सकता था। निजी रद्दोबदल के सिलसिले में उसको समझ नहीं आ रहा था कब उसकी कमर आधा फुट चौड़ी हो गयी, किस दिन सिर में पहला सफेद बाल झलका, कब उसका पति फैक्टरी से रात ग्यारह बजे लौटने लगा, कब बच्चों ने उसके साथ छुआछुई का खेल खेलना बन्द कर दिया। उसके पास एक भी ऐसे दिन का ब्यौरा नहीं जब वे वारदातें घटीं हालाँकि चोटें उसे हर बार आयीं। जैसे अभी-अभी प्लेट उसके हाथ से सरकी, ऐसे ही उसके शरीर में सभी कुछ, थोड़ा-थोड़ा अपनी जगह से सरक गया था। लेकिन क्या करे वह इस चेतना का जो अपनी जगह पर उतनी तीव्र एवं तीक्ष्ण थी, जितनी पहले हुआ करती थी। तभी तो उसका एक हिस्सा क़ाम करता रहता और दूसरा हिस्सा लगातार उसे चिकोटी काटता, 'ये टमाटर के कतरे इतने मोटे क्यों कटे हैं? बिन्दू की कॉपी पर कवर ढीला चढ़ा है। विजेन्द्र शाम को आकर यह मुचड़ा हुआ नाइट सूट पहनेगा? तुम्हारी ब्रा का इलास्टिक फिर लटक गया है?' वह आसपास अपने साफ-सुथरे घर को देखती और हताशा में अपने-आपको सँवारने की कोशिश करती। आलमारी में वह मैक्सी पड़ी थी जो एक बार विजेन्द्र दिल्ली से लाया था। तब उसने यह इसलिए नहीं पहनी थी क्योंकि उसे समय नहीं मिला, अब वह इसलिए नहीं पहनती क्योंकि समय निकल चुका। अब तो वह इसका पेटीकोट बनाने की सोच रही है।

जाने क्यों अब उससे कसे कपड़ों में सोया नहीं जाता। दिन भर वह जैसे-तैसे अपना चार बटनवाला ब्लाउज़ पहनती है लेकिन रात नौ बजे वह सात बटनवाला ब्लाउज़ पहन लेती है, झोले की तरह ढीला और आरामदेह, जिसमें हवा के अतिरिक्त खुजली करने को हाथ भी आज़ादी से आ-जा सकता है। कसे ब्लाउज़ के साथ सौ झंझट हैं। पिछले इतवार उसने चोली काट का ऊँचा ब्लाउज़ पहना हुआ था। दो-चार बार रसोई में उठ-बैठ की तो ब्लाउज़ कुछ ऊपर खिसक गया। विजेन्द्र की नज़र उस पर पड़ी और बोला, "वह देखो मांस लटक रहा है।"

उसने तुरन्त जवाब दिया, "पता है रात में इसी को तुम वक्ष कहते हो।"

"तुम हर बात पर लड़ने क्यों लग जाती हो" विजेन्द्र कहकर बालकनी में चला गया। आशा के मन में भक्‌भक्‌ गुस्सा उठा। जिद्‌दी मक्खी की तरह वह उसके पीछे तक गयी, "क्योंकि शुरुआत तुम करते हो।"

"लेकिन मैंने ग़लत तो नहीं कहा, मैं हमेशा सच बात कहता हूँ।"

"तुम्हारे दिन के सच और रात के सच में ज़मीन-आसमान का फर्क होता है। तुम्हें यह भी याद दिलाना पड़ेगा कि हमारी शादी हुई थी सन् पचास में और अब है सन् सत्तर।"

विजेन्द्र कमरे में आकर अख़बारों का ढेर एक बार फिर फैलाने लगा, "तुम्हारी तरफ देखकर तो मुझे लगता है सन् सत्तानबे चल रहा है।"

आशा तिलमिला गयी, बमुश्किल उसने अपने हाथों को उस ओर पेपरवेट फेंकने से रोका। ऐसे मौकों पर उसे अपनी माँ और अपने बच्चे बेतरह याद आते हैं। माँ ने शादी के समय कहा था—"अब से ज़िन्दगी में केवल दो चीज़ों पर भरोसा करना, एक प्रार्थना, दूसरी सहनशक्ति।"

तब उसे लगा था माँ हर वक़्त उपदेश क्यों देती रहती हैं। बच्चों के आसपास होने पर उन दोनों में झड़प की नौबत नहीं आती है। ऐसी दुर्घटना में बच्चे क्लच का काम देते हैं। उस हफ़्ते बच्चे जबलपुर चले गये थे अपनी दादी के पास। उसकी बड़ी ज़ोर से इच्छा हुई कि इसी क्षण या तो बच्चे उसके पास वापस आ जायें या वह अभी यहीं मर जायँ।

लेकिन दोनों में से कुछ न हुआ, "आख़िर तुम मुझसे क्या उम्मीद रखते हो?" उसने आक्रोश में सवाल फेंका।

"देवी जी, मैं आपसे कोई उम्मीद नहीं रखता, आपसे ज़्यादा उम्मीद तो मैं अपनी नगर महापालिका से रखता हूँ।"

"तुम्हें एक कॉलेज खोलना चाहिए जिसमें तुम कलह सिखाने का प्रशिक्षण दे सको।"

"उसकी प्रिन्सिपलशिप तुम्हें ही मिलेगी। तुम तो इस क्षेत्र में विश्वरिकार्ड तोड़ने के काबिल हो।"

इतवार की मिट्टी पलीद हो चुकी थी।

इसी तरह ज़िन्दगी में बहुत-सी चीज़ों की मिट्टी पलीद हो चुकी थी। कई बार उसे लगता वह एक लम्बे ढलान पर लदर-पदर हाँफती भागती चली जा रही है और विजेन्द्र उसे रोकने के बजाय आगे धकेल रहा है। वह अपने बच्चों से पूछती, 'बिन्दू, क्या मैं बहुत बड़ी हो गयी हूँ।"

"क्या पूछती हो माँ, कुछ समझ ही नहीं आता।" बच्चा कहता।

वह शीशे के सामने खड़ी हो जाती। वही चेहरा है, वही आँखें हैं, वही होंठ हैं, वही बाल हैं, लेकिन वह जादू ग़ायब है जिसके आधार पर वह एक बार मसूरी में क्वीन चुनी गयी थी। अब जब बच्चे अपने में मशगूल होते जा रहे थे और विजेन्द्र फैक्टरी में, उसके लिए अतीतजीवी होते जाना एक अनिवार्य परिणति थी। जाने क्यों अतीत की केवल मधुर बातें ही याद आती थीं जैसे उसी क्वीन बॉल में उन दो युवकों का आपस में झगड़ना कि आशा किसके साथ पहले नाचेगी, इनाम देते समय उस बूढ़े मुख्य अतिथि का जान-बूझकर उसका गाल थपथपाना और जब वह सड़क पर निकलती तो कॉलोनी के नौजवान लड़कों का गुनगुनाना--'तेरी चाल है नागिन जैसी, कि जोगी तुझे ले जायेंगे।' इस सबकी तुलना में आज जीवन कितना छूँछा हो गया था। बच्चों की उद्दण्डता और पति की आक्रामकता उसे लगातार एक कारुणिक मूर्खता की ओर पहुँचा रही थी।

अगर ये झड़पें घर तक ही सीमित रहतीं तो शायद आशा को इतना बुरा न लगता, लेकिन अब बाहर भी तनाव बनने लगा था। उस दिन खन्ना साहब के यहाँ पार्टी थी। आशा ने पहले से तय किया हुआ था वह

सफेद साड़ी पहनेगी जिस पर रुपहला काम है। आठ बजते-बजते वे खन्ना साहब के यहाँ पहुँच गये। संयोग से मिसेज़ खन्ना ने भी उस दिन रुपहले कामवाली सफेद साड़ी पहनी हुई थी। पिछले साल वे बहुत बीमार रही थीं और आज यह पार्टी उनके स्वस्थ हो जाने की खुशी में ही दी गयी थी। सामने पड़ते ही सबने इस संयोग पर ग़ौर किया। खन्ना साहब बोले, "रेणु, तुमने औरों से भी कह दिया होता, सब सफेद पहन आतीं, आज शुभ्रा-सम्मेलन हो जाता।"

विजेन्द्र बोला, "ओ नो खन्ना, डोण्ट यू नो, सफेद बड़ा पेचीदा रंग है। स्लिम औरतें सफेद लिबास में चपल सरिता लगती हैं और मोटी औरतें बर्फ की शिला।"

बात आशा के ऊपर तमाचे-सी पड़ी थी। सार्वजनिक तमाचे और तमाचे की तिलमिलाहट से उसकी आँखों में आँसू आ गये। इससे पहले कि कोई उन्हें देखे वह बाहर बग़ीचे में आ गयी। वापस पार्टी में जाने की उसकी इच्छा नहीं हुई। बग़ीचे से ही वह घर की ओर मुड़ गयी। कुछ देर रो लेने के बाद उसने अपने लिये कॉफी बनायी। उसे उम्मीद थी कि विजेन्द्र घबराया हुआ-सा घर में घुसेगा, इस आशंका के साथ कि आशा जाने कहाँ चली गयी। लेकिन दस की जगह ग्यारह और ग्यारह की जगह बारह बज गये जब निश्चिन्त सीटी बजाता विजेन्द्र घर में घुसा, 'माय हार्ट इज बीटिंग, कीप्स ऑन रिपीटिंग'। आशा ने सिर तक लिहाफ खींच लिया। वह जताना चाहती थी कि उसे उसकी गैरमौजूदगी की परवाह नहीं थी जैसे अब उसकी मौजूदगी की नहीं है। लेकिन विजेन्द्र ने बत्ती बुझाने के पहले निहायत कटखनी आवाज़ में कहा, "मुझे पता है, तुम सो नहीं रही हो, तुम मुझसे लड़ने के लिए अपने पंजे पैने कर रही हो।"

लाख विपरीत कोशिश के बावजूद आशा की आवाज़ फौरन बुलन्द हो गयी थी, "तुमसे लड़ने से कहीं अच्छा है कि मैं काठ के किवाड़ों पर सर पटकूँ, वे तुमसे ज़्यादा संवेदनशील होंगे।"

विजेन्द्र एक बार फिर 'माय हार्ट इज बीटिंग...' में मशगूल हो गया था। आशा रात भर विरोध में सो नहीं पायी थी। किचकिचाती रही थी, 'एज इफ माय हार्ट इज नॉट बीटिंग।' लेकिन सुबह छह बजे वह उसी तरह चाय की ट्रे हाथों में ले प्रातःकालीन रेडियो के साथ-साथ 'आपकी

सेवा में उपस्थित होते हैं, जैसा विनम्र नाटक अभिनीत कर रही थी। बच्चे आस-पास शोर मचा रहे थे, 'पापा, आज चेनवाली साइकिल दिला दो।' मेज़ पर अख़बार ताज़ी ख़बरों का खोमचा लगाये था, दूध की बोतलें दरवाज़े के पास बदस्तूर रखी हुई थीं, सड़क पर सब्ज़ीवाले ठेले शोर मचा रहे थे, फोन टनटनाना शुरू हो गया था और बाहर आसमान में सूरज अपनी सूर्य नियति के आतप को बड़ी दिलेरी से वहन कर रहा था।

•••

खाली होता हुआ घर

वह बहुत दिनों बाद आयी थी। आ ही नहीं पायी। यहाँ आना एक दुनिया से निकलकर दूसरी दुनिया में आने जैसा था। यहाँ के पेड़ उसे अलग किस्म के लग रहे थे। यहाँ का मौसम, यहाँ का पहनावा, यहाँ की बसें, यहाँ के लेटर-बॉक्स, सब उसे अलग लग रहे थे। बग़ल की खिड़की से झाँको तो लगता वह किसी पहाड़ पर आ पहुँची है। पीछेवाली खिड़की से देखने पर लगता वह किसी बंजर पठार में है। इतनी भौगोलिक विसंगतियों के बीच यह छोटा-सा बँगला सस्ते बजट पर बनी किसी फिल्म का एक चालू दृश्य लग रहा था।

एक ज़माना था जब वे बड़े बँगलों में रहने के आदी थे। ये बँगले शहर बाहर होते, वीरान और विस्तृत फैलाव में। सारा-सारा दिन वहाँ टेलीफोन के अलावा कोई आवाज़ न आती। बँगलों से जुड़े नौकरों के क्वार्टर थे। दरअसल वे उन क्वार्टरों में रहना ज़्यादा पसन्द करते। पर उनमें साहस का अभाव था। कोई लम्बा परिवार नहीं था उनका। सिर्फ तीन! उनमें से एक बहुधा दफ़्तर में पाया जाता, दूसरा बिस्तर पर और तीसरी वह खुद, सारे शहर का दौरा करती रहती। कभी किताब ख़रीदने के बहाने, कभी साड़ी पसन्द करने के बहाने, कभी सहेलियों के बहाने। बाकी आधा दिन उसका ममी के पीछे-पीछे घूमने में जाता। उसे लगता, ममी काँच की बनी हैं, वे कभी भी गिरकर खील-खील हो जायँगी। ममी के सिर पर ढेर-सा काम था, उसके ऊपर ममी को टोकने का काम। 'यह मत करो, वह मत करो।' कहते-कहते ही वह इतनी थक जाती कि जब ममी का लेटने का नम्बर आता तो वह भी वहीं साथ ढेर हो जाती।

शाम को पापा के दफ्तर से लौटने पर वे सब इकट्ठे होते, सोनेवाले कमरे में! वहीं शाम की चाय पी जाती, वहीं रेडियो सुना जाता, वहीं पापा-बेटी की नोक-झोंक शुरू होती, कोई आ जाता उसे भी वहीं बुला लिया जाता, यहाँ तक कि टेलीफोन भी घसीटकर वहीं रख लिया जाता, स्टूल पर।

तब पापा कहते, "हमें इतने बड़े बँगले क्यों मिलते हैं मुन्नी! सारा दिन तो हम लोग एक कमरे में घुसे रहते हैं। सच मुन्नी, रिटायर होने के बाद मैं कोई लम्बा-चौड़ा मकान तो बनवाऊँगा नहीं। बस एक बड़ा-सा हॉल बनवाऊँगा। उसका एक कोना बैठक होगा, दूसरा स्टडी, तीसरा कोना बेडरूम होगा और चौथाई रसोई। बीच में मैं अपनी लाइब्रेरी जमा लूँगा, ठीक है न! रही तेरी साड़ियाँ। उनके लिए मैं इस दीवार से उस दीवार तक इतनी बड़ी वार्डरोब बनवा दूँगा, देख इतनी बड़ी..." वे हाथों से बताने लगते।

तब ममी कहतीं, "तुम तो ऐसे बोल रहे हो जैसे मुन्नी तुम्हारे रिटायर होने तक तुम्हारे पास ही रही आयेगी।"

पापा कन्फ़्यूज़ होकर उदास हो जाते। उनके दिमाग़ में यह बैठता ही नहीं था कि उनकी लड़की भी आम आदमियों की तरह शादी-ब्याह करके एक दिन बिलकुल रवायती तौर पर चली जायेगी। फिर सुस्त पड़कर वह दफ़्तर फोन मिलाने लगते, किसी-न-किसी को डाँट बताने।

वे चौबीस में से बीस घण्टे काम करने के लिए बदनाम थे। उनके आलसी मातहत उनसे बड़े दुखी थे। मुश्किल से, शाम के पाँच बजा कर जब वे 'कापरी' में चाय पीने का इरादा कर ही रहे होते, मिश्रा साहब कोई वर्षों पुरानी पाण्डुलिपि ढूँढ़ने का काम थमा देते या कोई भूला-बिसरा टेप। वे भुनभुनाते हुए मनाते कि इनका तबादला जल्द हो जाय। हेडक्वार्टर को शायद उनके इस स्वभाव का पता था। इसलिए अक्सर उन्हें ऐसे शहरों में भेजा जाता जहाँ चीज़ें बेहद गड़बड़ होतीं और व्यवस्था टें बोलनेवाली।

वास्तव में उनके जीवन में घर एक चुनौती था और दफ़्तर एक शरणस्थल। जब भी कभी ममी ज़्यादा बीमार होतीं वे कुछ दिन डॉक्टरों के पीछे भागते, फिर थककर दफ़्तर में मशगूल हो जाते! ममी का शरीर

पुरानी और असाध्य बीमारियों का गढ़ था। ऊपर से वे सजी-सजायी गुड़िया लगतीं, लेकिन अन्दर उनका शरीर फूल का बना। एक शाम वे 'रचना' में कोक पी रही नज़र आतीं, अगली शाम उनकी तबीयत गम्भीर रूप से ख़राब होती। अहाते में डॉक्टर की कार खड़ी होती, मेज़ पर दवाइयों का ढेर और घर में एक रुग्ण पस्ती। अक्सर उनका वह रोग पूरी तरह ठीक न होता, एक और रोग चुपचाप आकर उनकी देह में घर कर लेता। कभी हवा के साथ, कभी धूप के साथ, कभी पहली बारिश के दौरान, कभी ठण्ड के आख़िरी पड़ाव पर बीमारियाँ उनके साथ हो लेतीं और फिर लम्बे समय के लिए साथ ही रहतीं। वे कुछ दिन दवाइयाँ खातीं, फिर असहाय-सी समझौता कर लेतीं। जब-जब ऐसा होता, उस घर के लोग कितने डर जाते।

मुन्नी अब मुन्नी नहीं थी। वह थी सुमित्रा मिश्रा, बी.ए. के आख़िरी साल में। बीस साल की उम्र पर जितना लम्बा होना चाहिए था, वह हो चुकी थी। जितना उसे आकर्षक होना था, थी। दिन भर वह कॉलेज की दौड़-धूप में लगी रहती, रात में मेज़ पर काली चाय रखकर पढ़ाई करती! दरअसल बीस साल की उम्र में महज़ पढ़ाई करने से पढ़ाई नहीं हो जाती। इधर वह लेडी मैकबेथ के स्लीपवॉकिंग सीन का औचित्य याद करती उधर उसे कोई ताज़ा फिल्म याद आ जाती या दिन में हुई कोई चुहल या किसी सहपाठी की शरारती नज़र। फिर तो बस आँखों के सामने से अक्षर एक-एक कर सरकने शुरू हो जाते और किताब का पन्ना स्क्रीन का काम देता। नाम को तो वह रोज़ तीन बजे तक बैठती, पर पढ़ाई उस बीच कितनी होती यह किताब को ही पता था। इसीलिए सालाना इम्तहान में जब सबने उम्मीद लगायी हुई थी कि वह यूनिवर्सिटी में प्रथम आयेगी, वह ग्यारहवें नम्बर पर आयी और वह भी द्वितीय श्रेणी में।

उसको लेकर पापा की यह पहली पराजय थी। वे अख़बार हाथ में लेकर देर तक सन्न बैठे रह गये थे! उनकी चाय बग़ल के स्टूल पर कब ठण्डी हो गयी, उन्हें पता तक नहीं चला। सुमित्रा को अपने कमरे से ही अन्दाज़ हो गया था। उसकी हिम्मत नहीं हो रही थी कि वह अपने कमरे से निकले। वह पापा और अख़बार, दोनों का सामना करने से कतरा रही थी। यह उसका पापा के प्रति पहला विश्वासघात था।

उस दिन वे जल्दी दफ़्तर चले गये और देर तक नहीं लौटे। खाने का डब्बा उन्होंने भरा-का-भरा लौटा दिया। वे इस हादसे पर हक्का-बक्का थे।

फिर तो शायद वह उन्हें शिकस्त-पर-शिकस्त देने पर उतारू हो गयी थी। एम.ए. उसने तीसरे दर्जे में पास किया। बी.एड. में वह फेल हो गयी। लाइब्रेरी साइन्स के कोर्स में उसे दाखिला नहीं मिला। हारकर वह घर बैठ गयी थी; खाली और निष्क्रिय। उसकी सारी चुस्ती, सारी तेज़ी एकाएक बुझ गयी। अब पापा के दफ़्तर से लौटने पर वह उनसे फिजूल बहस में नहीं पड़ती, चुपचाप चाय रखकर अपने कमरे में चली जाती।

चुप्पी और चालाकी में गहरा रिश्ता है। खाली बैठे-बैठे वही ऊटपटाँग-सी सुमित्रा चण्ट और घुन्नी होती गयी थी, कुछ इस रफ़्तार से कि छह ही महीनों में उसने अपने लिये एक नया मुकाम ढूँढ़ निकाला। इस मुकाम पर दिल्ली की एक घिचपिच कॉलोनी में एक सी क्लास क्वार्टर था, एक अदद लड़का था और पाँच सौ रुपये मासिक आय। लड़के के अलावा कोई चीज़ धड़ल्ले की नहीं थी, सब निहायत औसत। इसी औसत की शायद उसे तलाश थी। अब जब वह विलक्षण होते-होते रह गयी थी, उसे अपने अनुकूल माहौल ढूँढ़ना था। जब पापा से मिलने एक-से-एक आला अफसर आते और बातचीत बच्चों पर आ निकलती तो पापा को किस कदर नीचा देखना पड़ता। इसी उलझन का उसने हल ढूँढ़ निकाला था। हल उन दिनों पापा भी बड़ी तेज़ी से ढूँढ़ रहे थे। पर उनके हल भिन्न कोटि के थे। उनका ख़्याल था, न सही यूनिवर्सिटी कैरियर, वे उसे फ्रेंच का डिप्लोमा करा देंगे, या एयर होस्टेस बनवा देंगे या और कुछ नहीं तो आइकेबेना की कलाकार हो जायगी। दरअसल ये सब ढक्कन थे जो पापा उसके औसतपन पर रखना चाहते थे। पर सुमित्रा को एक आसान और आकर्षक विकल्प अनायास मिल गया था। वह उसे छोड़ना नहीं चाहती थी। कुछ दिन वे लड़े, फिर पुनः मूषकों भव के खीझ भरे आशीष के साथ उन्होंने सब मंजूर कर लिया था। अनार और सुदर्शन चक्र छोड़ती आती बारात, रिश्तेदारों के नख़रे, लाउडस्पीकर पर घिसे-पिटे रिकार्ड, शगुन छाप दो रुपल्ली, पाँच रुपल्ली और लड़की की आँसू टपकाती पारम्परिक विदाई।

इन बातों को लेकर वे सहज तो वर्षों बाद हुए। पहले तो वे ऐसे तैश में रहे जैसे उनका कोई आर्टिस्ट कॉण्ट्रेक्ट साइन करने के बाद ग़ैरहाज़िर हो गया हो। उन्होंने उस कमरे में जाना छोड़ दिया जो उसका कहलाता था। उन्होंने वे पत्रिकाएँ बन्द करवा दीं जो वह पढ़ती थी, उनके यहाँ खाने की मेज़ पर तीन की जगह दो प्लेटें लगने लगीं। वे ममी से कहते, "इसी तरह यह घर खाली होता रहा तो एक दिन सिर्फ दीमक और किताबें बच जायेंगी, देख लेना।"

ममी के मन में अद्भुत तसल्ली थी, "तुम्हारे लिये यही काफी होगा, फिकर मत करो।"

इस बार वर्षों बाद सुमित्रा यहाँ आयी तो उसे लगा समय आदमी से कुछ भी करवा लेता है, यहाँ तक कि समझौता भी। वही पापा थे, वही दफ़्तर था, वही गड़बड़ियाँ थीं पर पापा का लड़ाकूपन ख़त्म हो रहा था। वे एक योगी की तरह सारी धाँधलियाँ देखते और रिटायर होने की तारीख़ें गिनते। ममी बीमार पड़तीं तो डॉक्टर को फोन कर देते, प्रेस्क्रिप्शन पर लिखी दवाइयाँ ला देते, फिर रैक में से कोई किताब निकालकर पढ़ने में डूब जाते। किताबें उनके लिए एक ज़रूरत थीं। पहले उनके यहाँ किताबें गिनकर रखी जाती थीं, फिर तुलकर रखी जाने लगीं। हर तबादले में वे ढोयी जातीं, नागपुर से धारवाड़, धारवाड़ से दिल्ली, दिल्ली से बम्बई। उनके लिए पुख़्ता लकड़ी की बढ़िया पेटियाँ बनवायी जातीं; घर का फ़र्नीचर औने-पौने दामों में बेच दिया जाता, रसोई के डब्बे-कनस्तर नौकरानियों को पकड़ा दिये जाते; किताबें करीने से पेटियों में भरी जातीं और जब मालगाड़ी से रवाना की जातीं तो पापा ऐसे दुःखी हो जाते जैसे दूसरी बेटी को विदा दी हो। नये शहर में जब तक वे पेटियाँ पहुँच न जातीं, वे तनाव में रहते। फिर उन्हीं किताबों को ऐसा रस लेकर पढ़ते मानो आज ही ख़रीदकर लाये हों।

जब सुमित्रा अपने शहर के प्लेटफार्म से चली थी, पता नहीं क्यों उसने सोचा था, उसकी पुरानी दुनिया में सब-कुछ वैसा होगा जैसा उसने छोड़ा था। बल्कि पहले दिन उसे लगा भी, वाकई सब-कुछ अपनी पुरानी जगह पर था, यहाँ तक कि सुराही भी। बदलाव तो शाम को ही नज़र आया था। पापा के दफ़्तर से लौटने पर। उन्होंने बैग जगह पर रखा और

वार्डरोब से कुर्ता पायजामा निकाला। यह एक चमत्कार था वरना तीन साल पहले सुमित्रा को याद है, उनके आने के समय ममी फिरकनी-सी कमरे में घूमती थीं। पापा का पायजामा कुर्ता, यहाँ होना चाहिए, बिस्तर पर; उनके स्लीपर यहाँ कुर्सी के पास, पानी का गिलास यहाँ मेज़ के इस कोने पर, तौलिया, कुर्सी की बाँह पर...। एक बार सुमित्रा ने चिढ़कर कहा था, "ममी तुम तो ऐसे दौड़ती फिरती हो जैसे साक्षात् भगवान् आ रहे हों।"

ममी ने आहत, उसकी ओर देखा था, और कहा था, "मेरे लिये तो भगवान् ही हैं।"

सुमित्रा पानी-पानी हो गयी थी। उसमें इतनी हिम्मत नहीं रही थी कि उनकी तरफ आँख उठाये।

ममी को डॉक्टर ने बेड रेस्ट बताया है। पीठ का दर्द डायथर्मी और आराम से ही ठीक होगा। पापा गैस पर चाय चढ़ाने लगे तो सुमित्रा को अनायास रुलायी आ गयी। कहाँ गये उसके वे नादिरशाह पापा जो कमरे से ज़ोर से आवाज़ लगाते थे–'मुन्नी'। जब वह हाथ का काम छोड़कर आती तो कहते, 'ज़रा यह रेडियो तो बन्द करना।' मुन्नी के तन-बदन में आग लग जाती। कान पर रेडियो चल रहा है, यह नहीं होता अपना हाथ आगे बढ़ा लें। वह भुन-भुन करती चली जाती।

ज़ब्त करके उसने कहा, 'लाइये पापा मैं बना देती हूँ।'

'रहने दे, दो दिन से फायदा! और बिगाड़कर चली जायगी। रिटायरमेण्ट और बुढ़ौती, दोनों की तैयारी कर रहा हूँ, समझीं।' सुमित्रा चुप, देखती रही। रिटायर तो वे दो साल में हो जायँगे। पर बूढ़े? अभी न कमर झुकी है, न बेवजह बर्रात हैं। इन्हें तो बूढ़ा होने में अपार श्रम करना पड़ेगा।

ममी चार-पाँच तकिये लगाकर चाय के लिए बैठी थीं। चाय के साथ उन्हें तीन गोलियाँ निगलनी थीं। दवा खाते-खाते वे दवाओं के प्रति इतनी निर्विकार हो गयी हैं कि बीस गोलियाँ भी वे शायद इसी शान्त मुद्रा में खा लें।

सुमित्रा ने रेडियो चलाया।

इतने उदास वातावरण में रेडियो गली के लाउडस्पीकर-सा तेज़ और असभ्य मालूम पड़ा।

उसने घबराकर बन्द कर दिया।

उसने खिड़कियाँ खोलीं।

पापा ने उठकर बन्द कर दीं, ''तेरी माँ को हवा लग जायगी तो दर्द बढ़ जायगा।''

वे तीनों देर तक बैठे रहे, एक ही कमरे में अलग-अलग तरह से अकेले।

सुमित्रा को लगा उसके पास करने को कुछ भी नहीं है। बचनी आकर शाम का खाना बना जायगी। वह दूध के कूपन फाड़कर बोतलों में फँसा जायगी; दिन का आख़िरी काम। सुबह सबसे पहले अख़बार आयेगा; फिर दूध, फिर दफ़्तर से पहला फोन, फिर नौ बजते-बजते घर पर दैनिकता का दानव हावी हो जायगा। क्या यह दैनिकता हर घर में घुसी है। क्या कोई ऐसा घर नहीं जहाँ सुबह सात बजे चाय न बने! क्या कहीं ऐसे लोग नहीं जो उठत ही नहाने की धूम न मचायें! क्या कोई ऐसा परिवार नहीं जो नौ बजे नाश्ता न करे! क्या कोई ऐसा घर नहीं जहाँ सुबह होते ही बड़े आश्चर्य या छोटे परिवर्तन घटित होने लगें। इसी दिनचर्या से बचने तो वह इतनी दूर चलकर आयी थी। कितनी ऊब चुकी थी वह इस ढर्रे से, सुबह-शाम, सुबह-शाम, एक-से दिन, एक-से काम, एक-सी उबासी, एक-सी थकान!

उसने चाहा वह उछलकर खड़ी हो जाय, 'चलो पापा नहर तक घूम आते हैं। वापसी में डबलरोटी और अण्डे लेते आयेंगे।'

पर ममी तब तक वापस बिस्तर पर लेट चुकी थीं और पापा शाम का अख़बार पढ़ रहे थे।

●●●

एक अदद औरत

"ठीक है, तुम आराम करो, सात बजे शिवलाल को साथ लेकर डॉक्टर के यहाँ चली जाना", इस वाक्य के साथ ही मानस का स्कूटर स्टार्ट हो गया।

दरवाज़े से हटकर कमरे तक आते-आते मैं रुआँसी हो गयी। अगर मेरी तबीयत इतनी ही ख़राब है कि मैं साथ शहर नहीं जा सकती तो फिर उसे भी नहीं जाना चाहिए था, उसे मेरे सिरहाने बैठकर शाम गुज़ारनी चाहिए थी।

मैं धम्म से बिस्तर पर पड़ गयी। मुझे गुस्सा और रोना साथ-साथ आ रहा था।

मानस जापानी नृत्य की टिकट लाया था। मैंने कहा, "क्या होगा जाकर? वही छतरी लिये लड़कियाँ धीरे-धीरे आगे-पीछे चलेंगी। इससे तो सिनेमा चलते।"

मानस चुप रहा।

मानस की चुप्पी हमेशा आक्रामक, असहमत होती है। मैं पैर घसीटती अन्दर के कमरे में चली गयी। तैयार होते समय इस फीके मनोरंजन के लिए मैं अपना दिमाग़ भी तैयार करती रही। नहीं, मुझे अपनी नाराज़ी नहीं दिखानी है, एक आदर्श पत्नी की तरह ऊब को भी पतिव्रत का हिस्सा मानकर झेलना है, मुझे मुस्कराना है, मुझे ख़ुश होना है, मुझे सहमति में सिर हिलाते चलना है।

यही घिसे-पिटे संकल्प दोहराती हुई मैं बैठक में आकर चाय में शामिल हो गयी। मानस सुबह का अख़बार फिर देख रहा था। मैंने सोचा,

शायद वह मेरी साड़ी की ओर देखे। वह अख़बार पढ़ता रहा। मैं भी फिर अख़बार का पिछवाड़ा पढ़ने लगी।

मेरी समस्त क्रियाएँ ऐसी ही होती हैं। घर के लोग सोते हैं तो मैं सो जाती हूँ। घर के लोग बाहर जाते हैं तो मैं बाहर हो आती हूँ। घर में पढ़ना-लिखना हो रहा हो तो मैं पढ़ने-लिखने लगती हूँ। घर में सफाई चलती हो तो मैं सफाई करने लगती हूँ। मेरा अलग से कोई कार्यक्रम नहीं है।

मानस ने चाय ख़त्म की। मैंने भी चाय ख़त्म कर दी। मानस उठा, 'चलें!'

उठतें हुए मेरे मुँह से आदतन 'हाय' निकल गयी। वह मुड़ा, 'क्यों क्या तबीयत ठीक नहीं?'

मैं भुन गयी। इसे क्या पता नहीं मैं पूरे दो महीने से दवाइयाँ खा रही हूँ? कई बार तो गोलियाँ इसी ने लाकर दी हैं।

''आज सुबह से ही दर्द बढ़ गया है'', मैंने प्रतिहिंसात्मक कार्यवाही के अन्तर्गत कहा। यही तो एक अस्त्र बचा है, जिससे मैं घर भर को आतंकित अथवा लज्जित कर सकती हूँ।

लेकिन मानस इन दोनों में से बिना कुछ भी हुए, मुझे आराम करने की नेक सलाह देकर फर्राटे से चला गया।

क्या वह एक बार और आग्रह नहीं कर सकता था? सच वह केवल एक बार और कहता तो मैं सारा दर्द-वर्द भूलकर चल पड़ती। लेकिन वह हमेशा की तरह न जाने किस तरंग में था! दफ्तर से ऐसे गुनगुनाते हुए लौटता है, जैसे दड़ाँ ड्यूटी नहीं, वंशी बजाकर आया हो। हमारे ख़ानदान में सभी को आज्ञाकारी पति मिले हैं, एक मेरे सिवा। मेरा पति हिरन की तरह अलमस्त और चीते की तरह चौकन्ना है। मेरे लिये यह बताना लगभग असम्भव है कि वह कब क्या करेगा। इसीलिए जब मैं सोचती हूँ, वह रुकेगा वह चल पड़ता है, जब मैं सोचती हूँ, वह गरजेगा तो वह सिगरेट पीता रहता है और जब मैं सोचती हूँ वह बाहर गया हुआ है, वह करीब आकर बम की तरह फट पड़ता है।

मानस एक तीर से दो शिकार करनेवाला आदमी है। मेरे प्रति सहानुभूति, मुझसे पिण्ड छुड़ाने का पर्याय है। मैं इतनी जड़ तो नहीं हूँ

कि यह भी न समझूँ। बल्कि उसके साथ रहते चालाकियाँ पहचानने का माद्दा बड़ा प्रबल हो गया है। दुनिया मुझे चालाकों से भरी नज़र आती है। शराफत जैसे नाजुक मसले का बोझ अकेले मुझको उठाना है।

तभी दरवाज़े की घण्टी बजी।

मन-ही-मन घण्टी बजानेवाले को कोसती मैं उठी। बाहर दो बेहद आकर्षक, आधुनिक, हमउम्र महिलाएँ खड़ी थीं। उन्होंने एक निहायत परिचित अन्दाज़ में नमस्ते की और बरामदे में पड़ी कुर्सियों पर बैठ गयीं। अपना नाम व अपने पतियों का पद बताने के बाद उन्होंने मेरा नाम व मेरे पति का पद जानना चाहा।

मुझे हँसी आ गयी, "माफ कीजिये, आप उनका पद पूछ रही हैं या कद?"

वे हतबुद्धि-सी मुझे देखने लगीं।

"वैसे दोनों ही बातें ग़ैर ज़रूरी हैं। मैं आपके लिए क्या कर सकती हूँ?"

ज़्यादा सुन्दर महिला ने अपने होंठ गोलकर धीमे, मीठे लहज़े में बताया कि वे ग्यारह नवम्बर को एक 'स्नेह-सम्मेलन' आयोजित करने जा रही हैं जिसमें रूना लैला मुख्य अतिथि के रूप में आयेंगी।

'स्नेह-सम्मेलन किसे कहते हैं?' मैंने पूछा।

उन दोनों को मेरे सवाल से धक्का लगा, "आपको नहीं पता 'स्नेह-सम्मेलन' क्या होता है?"

उन दोनों ने निराशा से मेरे बिन रँगे होंठों और बिन कटे बालों की ओर देखा, "शहर की युवा महिलाओं को एकत्र कर उनमें परस्पर प्रेम की भावना व विचारों का आदान-प्रदान स्थापित करना हमारे सम्मेलन का उद्देश्य है।"

"अगर शहर में यह सम्मेलन न हुआ तो क्या महिलाएँ आपस में लड़ाई छेड़ देंगी?" मैंने पूछा।

वे मेरी बात नहीं समझीं और मेरा यह विचार और भी दृढ़ हो गया कि स्त्री जाति की समस्त प्रतिभा पर मेरा एक-छत्र स्वामित्व है।

'देखिये बहन जी', दूसरी औरत ने आजिज़ आकर कहा, ''हम आपसे कुछ डोनेशन लेने आयी हैं। इक्कीस रुपये डोनेशन देने पर आपको चार मुफ़्त पास, इक्यावन रुपये देने पर आपको द्वितीय पंक्ति में स्थान और एक सौ रुपये देने पर आपको मुख्य अतिथि के साथ चाय पीने का सौभाग्य मिलेगा।''

मैंने चेहरे की शिराएँ खींचकर, पेट पकड़कर निहायत मरियल आवाज़ निकाली, ''ग्यारह नवम्बर को तो मेरा ऑपरेशन है, बड़ा ऑपरेशन।''

बड़ीवाली महिला ने ठेठ अन्दाज़ में मुझे देखा, ''काहे का?''

''आँत का।''

जिज्ञासा शान्त होते ही उनकी दिलचस्पी समाप्त हो गयी।

उन्होंने खटाक से विदा ली और मैं मन-ही-मन अपने को शाबाशी देती हुई अन्दर आ गयी।

अब मूड कुछ अच्छा था। उन दोनों औरतों को सफलतापूर्वक बेवकूफ बनाने के साथ-साथ एक सौ एक रुपये बच जाने का अद्वितीय सुख मैं कुछ देर भोगती रही। अच्छा हुआ जो मानस घर पर नहीं था, नहीं तो योजना सुनते ही चेक काटकर पकड़ा देता, चाहे इक्कीस ही देता। चलो इक्कीस ही बचे समझो!

ये फूलों के दिन थे। खिड़की से उठकर महक कमरे में आ गयी थी, गुलाब, मोगरा और चमेली की। मन हुआ फूलों के बीच से दौड़ती हुई निकल जाऊँ, पर बग़ीचा बहुत छोटा था, गमलों से ठसाठस भरा। तभी मुझे याद आया मेरी तो कमर में दर्द था। मैं उठी, कमर सीधी करने की कोशिश की। कमर आसानी से सतर हो गयी। बाकी अंग भी दबाकर देखे, कहीं दर्द नहीं था। ऐसे ताज़्जुब मानस की ग़ैरमौजूदगी में ही घटित होते हैं। उसके सामने तो तबीयत बस-हाय हाय रहती है। अक्सर उसके जाते ही शरीर चुस्त हो जाता है, शिराएँ नरम पड़ जाती हैं, मन दौड़ने का होता है, कूदने का, कुलाँचें भरने का। कभी चाट पर तबीयत मचल उठती है तो कभी कुल्फी पर। सितार की तरह मेरे व्यक्तित्व का तार-तार झंकृत हो उठता है। मुझे इस वक्त लग रहा था मैं विश्व विजय कर सकती हूँ। लेकिन उसके सामने पड़ते ही मेरे सिर में पीड़ा, कमर में दर्द, पेट में शूल

और दाँत में टीस शुरू हो जाती है। मन चीख़ने चिल्लाने का होता है, मरने-मारने का।

इन्हीं सब चक्करों के कारण एक बार मेरे माता-पिता ने मुझसे पूछ ही लिया "क्या तू सुखी है, सच बताना!"

इस सवाल पर मुझे हँसी आनी चाहिए थी, पर रोना आ गया। इसलिए नहीं कि अब सच या झूठ बोलना पड़ेगा, बल्कि इसलिए कि इसकी नौबत कैसे आ गयी और अगर आ ही गयी तो क्या इसका जवाब इतनी आसानी से दिया जा सकता है? उन्हें कैसे समझाऊँ कि सोमवार को मैं सुखी थी, मंगलवार को दुःखी, एक दिन सवा आठ बजे मैं ख़ुश थी, साढ़े आठ बजे मैं नाख़ुश, इकतीस तारीख़ को मैं दुःखी थी, पहली को सुखी! सुख और दुःख की गारण्टी कैसे दी जा सकती है। गारण्टी कपड़े की होती है, पंखे की होती है, कुकर की होती है, फर्नीचर की होती है, रिश्तों की नहीं। मेरा ख़्याल है ज़िन्दगी में पूछे गये समस्त सवालों में से सबसे मुश्किल सवाल यह था जिसका जवाब तीन घण्टे तो क्या तीन वर्ष में भी देना मुश्किल था।

मानस वक़्त पर दफ़्तर से घर आ जाता है, मैं सुखी हो जाती हूँ, वह नहीं आता, मैं दुःखी हो जाती हूँ। मानस खाना बाहर खा लेता है, मैं दुःखी हो जाती हूँ, घर में खाता है, मैं सुखी हो जाती हूँ। मानस साथ-साथ हँसता है, बोलता है, मैं सुखी हो जाती हूँ, वह घुड़क देता है, मैं दुःखी हो जाती हूँ। कई बार सोचती हूँ मैं कितनी बेवकूफ वज़हों से सुखी-दुःखी होती रहती हूँ। मेरा अपन कोई करार, कोई वजूद, कोई इकाई नहीं। कहाँ चली जाती है मेरी टक्कर लेने की अकड़! मूर्खों की तरह मैं उसके पीछे-पीछे चलने में सार्थकता क्यों अनुभव करती हूँ, आगे-आगे चलने में क्यों नहीं?

ये सवाल मेरे दिल से टकराते हैं और मैं करोड़ों औरतों की तरह दरवाज़े खोलने की बजाय चिटखनी चढ़ा देती हूँ। मेरा व्यक्तित्व जो एक हिस्सा शेर और एक हिस्सा गीदड़ है, निरा गीदड़ बनकर रह जाता है। एक शब्द 'इज़्ज़त' कानों में भुनगे की तरह भुन-भुन करता है। पता नहीं हिन्दुस्तानी होने के नाते, पता नहीं औरत होने के नाते, पता नहीं दोनों होने के नाते, इस शब्द से मैं बहुत डरती हूँ। मेरे मनसूबों की रफ़्तार पर

यह शब्द 'क्लच' की तरह आ जाता है। इस शब्द की बदौलत मैं सुखी, सन्तुष्ट, पतिव्रता और न जाने क्या-क्या हूँ।

अभी-अभी एक स्कूटर गेट के पास आकर धीमा हुआ है। नहीं, यह हमारा नहीं है। हमारा स्कूटर पूरी स्पीड से आकर सहसा रुकता है। हजारों स्कूटरों की आवाज़ के बीच मैं अपना स्कूटर फौरन पहचान सकती हूँ जैसे माताएँ एक से यूनिफार्म पहने बच्चों में से अपना बच्चा पहचान लेती हैं। लो, यह एक और स्कूटर दन्न से आया है। गेट खड़का है। यह मानस है। मैं उठकर दरवाज़ा खोलना चाहती हूँ, लेकिन ओफ, यह कमर का दर्द!

•••